A traição das elegantes

RUBEM BRAGA

A traição das elegantes

São Paulo
2019

global
editora

© **Roberto Seljan Braga, 2017**
9ª Edição, Global Editora, São Paulo 2019

Jefferson L. Alves – diretor editorial
Gustavo Henrique Tuna – gerente editorial
André Seffrin – coordenação editorial
Flávio Samuel – gerente de produção
Helô Beraldo – editora assistente
Caroline Fernandes – assistente editorial e revisão
Aline Araújo e Carina de Luca – revisão
Eduardo Okuno – projeto gráfico
Victor Burton – capa

Obra atualizada conforme o
NOVO ACORDO ORTOGRÁFICO DA LÍNGUA PORTUGUESA

CIP-BRASIL. CATALOGAÇÃO NA FONTE
SINDICATO NACIONAL DOS EDITORES DE LIVROS, RJ

B795t

Braga, Rubem
  A traição das elegantes / Rubem Braga ; [coordenação André Seffrin]. – [9. ed]. – São Paulo : Global, 2019.
  176 p. ; 21 cm.

  ISBN 978-85-260-2499-1

  1. Crônicas brasileiras. I. Seffrin, André. II. Título.

19-59671
                                CDD: 869.8
                                CDU: 82-94(81)

Leandra Felix da Cruz – Bibliotecária – CRB-7/6135

Direitos Reservados

global editora e distribuidora ltda.
Rua Pirapitingui, 111 – Liberdade
CEP 01508-020 – São Paulo – SP
Tel.: (11) 3277-7999
e-mail: global@globaleditora.com.br
www.globaleditora.com.br

Colabore com a produção científica e cultural.
Proibida a reprodução total ou parcial desta obra sem a autorização do editor.

Nº de Catálogo: **4420**

Nota da Editora

Coerente com seu compromisso de disponibilizar aos leitores o melhor da produção literária em língua portuguesa, a Global Editora abriga em seu catálogo os títulos de Rubem Braga, considerado por muitos o mestre da crônica no Brasil. Dono de uma sensibilidade rara, Braga alçou a crônica a um novo patamar no campo da literatura brasileira. O escritor capixaba radicado no Rio de Janeiro teve uma trajetória de vida de várias faces: repórter, correspondente internacional de guerra, embaixador, editor – mas foi como cronista que se consagrou, concebendo uma maneira singular de transmitir fatos e percepções de mundo vividos e observados por ele em seu cotidiano.

Sob a batuta do crítico literário e ensaísta André Seffrin, a reedição da obra já aclamada de Rubem Braga pela Global Editora compreende um trabalho minucioso no que tange ao estabelecimento de texto, considerando as edições anteriores que se mostram mais fidedignas e os manuscritos e datiloscritos do autor. Simultaneamente, a editora promove a publicação de textos do cronista veiculados em jornais e revistas até então inéditos em livro.

Ciente do enorme desafio que tem diante de si, a editora manifesta sua satisfação em poder convidar os leitores a decifrar os enigmas do mundo por meio das palavras ternas, despretensiosas e, ao mesmo tempo, profundas de Rubem Braga.

Nota

As 65 crônicas reunidas neste livro foram, em sua maioria, escritas para *Manchete* e para o *Diário de Notícias*; algumas para *O Mundo Ilustrado*, *Cláudia*, *O Globo*, *Correio da Manhã* e *Jornal do Brasil*.

Fernando Sabino me ajudou na seleção, substituindo 18 crônicas que eu escolhera por outras tantas que eu deixara na pasta de refugos.

R. B.

Sumário

O mistério da poesia   15
Conversa de compra de passarinho   17
Os embrulhos do Rio   20
O mato   23
O compadre pobre   25
Um sonho de simplicidade   27
Os Teixeiras moravam em frente   29
As Teixeiras e o futebol   32
A vingança de uma Teixeira   35
A casa viaja no tempo   38
A nenhuma chamarás Aldebarã   40
Lembranças   42
Velhas cartas   45
Na fazenda do Frade   48
O fiscal da noite   50
Nós, imperadores sem baleias   52
Não ameis à distância!   55
Ao crepúsculo, a mulher…   57
Uma tarde, em Buenos Aires…   59
O crime (de plágio) perfeito   61
Pensamentos em Itatiaia   63
Mensagem que não foi mandada   65
As pitangueiras d'antanho   67
Pescaria de barco   70
As meninas   72
Despedida   74
Amor e outros males   76
Aquele folheto perdido   78
Meu ideal seria escrever…   80
Receita para mal de amor   83

Às duas horas da tarde de domingo   86
Uma certa americana   89
Marinheiro na rua   92
A moça chamada Pierina   95
O desaparecido   98
Os *icebergs*   99
O rei secreto de França   101
O boi velho   104
Monos olhando o Rio   106
Apareceu um canário   109
Carta de Guia de Casados   112
Os pobres homens ricos   115
Moscas, e teto azul   117
O homem do Mediterrâneo   119
Confissões de um embaixador   121
Domingo: futebol em Casablanca   124
Você vendo não acredita   128
Lembrança do compadre Joaquim   130
Mais uma desilusão amorosa   133
A sobrevivência do elefante   136
Ainda sobre elefantes   138
Parece que erraram na conta   140
Pessoas que acontecem   142
Algumas ponderações catabólicas   145
Os carnavais de antigamente   147
Negócio de menino   149
Em Roma, durante a guerra   151
A mulher e seu passado   154
O país de minha noiva   156
Enquete pelo telefone   158
Assim ama o colibri   161
Mestre Aurélio entre as palavras   164
A moça do carnaval   166
A traição das elegantes   168
Valente menina!   172

A traição das elegantes

O mistério da poesia

Não sei o nome desse poeta, acho que boliviano; apenas lhe conheço um poema, ensinado por um amigo. E só guardei os primeiros versos: *Trabajar era bueno en el Sur. Cortar los árboles, hacer canoas de los troncos.*

E tendo guardado esses dois versos tão simples, aqui me debruço ainda uma vez sobre o mistério da poesia.

O poema era grande, mas foram essas palavras que me emocionaram. Lembro-me delas às vezes, numa viagem; quando estou aborrecido, tenho notado que as murmuro para mim mesmo, de vez em quando, nesses momentos de tédio urbano. E elas produzem em mim uma espécie de consolo e de saudade não sei de quê.

Lembrei-me agora mesmo, no instante em que abria a máquina para trabalhar nessa coisa vã e cansativa que é fazer crônica.

De onde vem o efeito poético? É fácil dizer que vem do sentido dos versos; mas não é apenas do sentido. Se ele dissesse: "*Era bueno trabajar en el Sur*" não creio que o poema pudesse me impressionar. Se no lugar de usar o infinito do verbo *cortar* e do verbo *hacer* usasse o passado, creio que isso enfraqueceria tudo. Penso no ritmo; ele sozinho não dá para explicar nada. Além disso, as palavras usadas são, rigorosamente, das mais banais da língua. Reparem que tudo está dito com os elementos mais simples: *trabajar, era bueno, Sur, cortar, árboles, hacer canoas, troncos.*

Isso me lembra um dos maiores versos de Camões, todo ele também com as palavras mais corriqueiras de nossa língua:

"A grande dor das coisas que passaram."

Talvez o que impressione seja mesmo isso: essa faculdade de dar um sentido solene e alto às palavras de todo dia. Nesse poema sul-americano a ideia da canoa é também um motivo de emoção.

Não há coisa mais simples e primitiva que uma canoa feita de um tronco de árvore; e acontece que muitas vezes a canoa é de uma grande beleza plástica. E de repente me ocorre que talvez esses versos me emocionem particularmente por causa de uma infância de beira-rio e de beira-mar. Mas não pode ser: o principal sentido dos versos é o do trabalho; um trabalho que era bom, não essa "necessidade aborrecida" de hoje. Desejo de fazer alguma coisa simples, honrada e bela, e imaginar que já se fez.

Fala-se muito em mistério poético; e não faltam poetas modernos que procurem esse mistério enunciando coisas obscuras, o que dá margem a muito equívoco e muita bobagem. Se na verdade existe muita poesia e muita carga de emoção em certos versos sem um sentido claro, isso não quer dizer que, turvando um pouco as águas, elas fiquem mais profundas…

Conversa de compra de passarinho

Entro na venda para comprar uns anzóis, e o velho está me atendendo quando chega um menino da roça com um burro e dois balaios de lenha. Fica ali, parado, esperando. O velho parece que não o vê, mas afinal olha as achas com desprezo e pergunta: "Quanto?" O menino hesita, coçando o calcanhar de um pé com o dedo de outro: "Quarenta." O homem da venda não responde, vira a cara. Aperta mais os olhos miúdos para separar os anzóis pequenos que eu pedi. Eu me interesso pelo coleiro-do-brejo que está cantando. O velho:

— Esse coleiro é especial. Eu tinha aqui um gaturamo que era uma beleza, mas morreu ontem; é um bicho que morre à toa.

Um pescador de bigodes brancos chega-se ao balcão, murmura alguma coisa; o velho lhe serve cachaça, recebe, dá o troco, volta-se para mim: "O senhor quer chumbo também?" Compro uma chumbada, alguns metros de linha. Subitamente ele se dirige ao menino da lenha:

— Quer vinte e cinco pode botar lá dentro.

O menino abaixa a cabeça, calado. Pergunto:

— Quanto é o coleiro?

— Ah, esse não tenho para venda, não...

Sei que o velho está mentindo; ele seria incapaz de ter um coleiro se não fosse para venda; miserável como é, não iria gastar alpiste e farelo em troca de cantorias. Eu me desinteresso. Peço uma cachaça. Puxo o dinheiro para pagar minhas compras. O menino murmura: "O senhor dá trinta..." O velho cala-se, minha nota na mão:

— Quanto é que o senhor dá pelo coleiro?

Fico calado algum tempo. Ele insiste: "O senhor diga..." Viro a minha cachaça, fico apreciando o coleiro.

— Não quer vinte e cinco vá embora, menino.

Sem responder, o menino cede. Carrega as achas de lenha lá para os fundos, recebe o dinheiro, monta no burro, vai-se. Foi no mato cortar pau, rachou cem achas, carregou o burro, trotou léguas até chegar aqui, levou 25 cruzeiros. Tenho vontade de vingá-lo:

— Passarinho dá muito trabalho...

O velho atende outro freguês, lentamente.

— O senhor querendo dar 500 cruzeiros, é seu.

Por trás dele o pescador de bigodes brancos me faz sinal para não comprar. Finjo espanto: "QUINHENTOS cruzeiros?"

— Ainda a semana passada eu rejeitei 600 por ele. Esse coleiro é muito especial.

Completamente escravo do homem, o coleirinho põe-se a cantar, mostrando suas especialidades. Faço uma pergunta sorna: "Foi o senhor quem pegou ele?" O homem responde: "Não tenho tempo para pegar passarinho."

Sei disso. Foi um menino descalço, como aquele da lenha. Quanto terá recebido esse menino desconhecido por aquele coleiro especial?

— No Rio eu compro um papa-capim mais barato...

— Mas isso não é papa-capim. Se o senhor conhece passarinho, o senhor está vendo que coleiro é esse.

— Mas QUINHENTOS cruzeiros?

— Quanto é que o senhor oferece?

Acendo um cigarro. Peço mais uma cachacinha. Deixo que ele atenda um freguês que compra bananas. Fico mexendo com o pedaço de chumbo. Afinal digo com a voz fria, seca: "Dou 200 pelo coleiro, 50 pela gaiola".

O velho faz um ar de absoluto desprezo. Peço meu troco, ele me dá. Quando vê que vou saindo mesmo, tem um gesto de desprendimento: "Por 300 cruzeiros o Sr. leva tudo".

Ponho minhas coisas no bolso. Pergunto onde é que fica a casa de Simeão pescador, um zarolho. Converso um pouco com o pescador de bigodes brancos, me despeço.

— O senhor não leva o coleiro?

Seria inútil explicar-lhe que um coleiro-do-brejo não tem preço. Que o coleiro-do-brejo é, ou devia ser, um pequeno animal sagrado e livre, como aquele menino da lenha, como aquele burrinho magro e triste do menino. Que daqui a uns anos quando ele, o velho, estiver rachando lenha no Inferno, o burrinho, o menino e o coleiro vão entrar no Céu – trotando, assobiando e cantando de pura alegria.

Os embrulhos do Rio

Encontro o amigo Mário em seu escritório, à volta com papéis e barbantes, fazendo um grande embrulho. São encomendas e presentes que vai mandar para sua gente em Santa Catarina. Inábil e carinhosamente ele compõe o grande embrulho, que sai torto e frágil. Não me proponho a ajudá-lo, porque sou seu irmão em falta de jeito. Aparece, a certa altura, um rapazinho, que olha em silêncio a faina de Mário. Este compreende a ironia e compaixão do tímido sorriso do rapaz e, com um gesto, pede sua ajuda. Em meio minuto, o moço desmancha tudo e faz daquele embrulho informe e explosivo um pacote simples, sólido e firme.

Mas não estou pensando nessa qualidade que sempre me pareceu milagrosa, essa certeza das mãos em ordenar as coisas para nós rebeldes e desconjuntadas, para esses privilegiados, obedientes e fáceis. Penso nas mãos que, em uma praia distante, vão desembrulhar essas coisas; na alegria com que no fundo da província a gente recebe os presentes.

Quando meus pais ou minha irmã voltavam de um passeio ao Rio, nós todos, os menores, ficávamos olhando com uma impaciência quase agônica as malas e valises que o carregador ia depondo na sala. A alegria maior não estava no presente que cada um recebia, estava no mistério numeroso das malas, na surpresa do que ia surgindo. Uma grande parte, que despertava exclamações deliciadas das mulheres, não nos interessava: eram saias, blusas, lenços, cortes de trapos e fazendas coloridas, joias e bugigangas femininas. A mais distante das primas e a mais obscura das empregadas podia estar certa de ganhar um pequeno presente: a alegria era para todos da casa e da família, e se derramava em nossa rua pelos vizinhos e amigos. Além dos presentes havia as inumeráveis encomendas, três metros disto ou daquilo, um sapatinho de tal número para combinar com aquele vestidinho grená, fitas, elásticos, não sei o que mais.

Se esse mundo de coisas de mulher nos deixava frios e impacientes, os brinquedos e os presentes para homens e coisas para uso caseiro eram visões sensacionais. Jogos de papelões coloridos, coisas de lata com molas imprevistas, fósforos de acender sem caixa, abridores de latas, sopa juliana seca, isqueiro, torradeiras de pão, coisas elétricas, brilhantes e coloridas – todo o mundo mecânico insuspeitado que chegava ao nosso canto de província. E também programas de cinema, cardápios de restaurantes...

Seriam, afinal de contas, coisas de pouco valor: os grandes engenhos modernos estrangeiros estavam fora de nossas posses e de nossa imaginação. Mas para nós tudo era sensacional; e depois de esparramado sobre a mesa ou pelo chão o conteúdo da última valise, e distribuídos todos os presentes, ainda ficávamos algum tempo aturdidos por aquela sensação de opulência e de milagre. E o dia inteiro ouvindo a conversa dos grandes, que davam notícias de amigos, comentavam histórias, falavam da última revista de Aracy Cortes, no Recreio, da última comédia de Procópio ou de Leopoldo Fróes ou da doença dos nossos parentes de

Vila Isabel – ainda ficávamos tontos, pensando nesse Rio de Janeiro fabuloso, tão próximo e tão distante.

Aos 9 anos de idade, vim pela primeira vez ao Rio, trazido por minha irmã. Voltei muitas vezes; estou sempre voltando. Aqui já me aconteceram coisas. Mas o grande encanto e o máximo prestígio do Rio estavam nas malas e nos embrulhos abertos diante dos olhos assombrados do menino da roça.

O mato

    Veio o vento frio, e depois o temporal noturno, e depois da lenta chuva que passou toda a manhã caindo e ainda voltou algumas vezes durante o dia, a cidade entardeceu em brumas. Então o homem esqueceu o trabalho e as promissórias, esqueceu a condução e o telefone e o asfalto, e saiu andando lentamente por aquele morro coberto de um mato viçoso, perto de sua casa. O capim cheio de água molhava seu sapato e as pernas da calça; o mato escurecia sem vaga-lumes nem grilos.

    Pôs a mão no tronco de uma árvore pequena, sacudiu um pouco, e recebeu nos cabelos e na cara as gotas de água como se fosse uma bênção. Ali perto mesmo a cidade murmurava, estalava com seus ruídos vespertinos, ranger de bondes, buzinar impaciente de carros, vozes indistintas; mas ele via apenas algumas árvores, um canto de mato, uma pedra escura. Ali perto, dentro de uma casa fechada, um telefone batia, silenciava, batia outra vez, interminável, paciente, melancólico. Alguém, com certeza já sem esperança, insistia em querer falar com alguém.

    Por um instante, o homem voltou seu pensamento para a cidade e sua vida. Aquele telefone tocando em vão era um dos milhões de atos falhados da vida urbana. Pensou no desgaste nervoso dessa vida, nos desencontros, nas incertezas, no jogo de ambições e vaidades, na procura de amor e de importância, na caça ao dinheiro e aos prazeres. Ainda bem que de todas as grandes cidades do mundo o Rio é a única a permitir a evasão fácil para o mar e a floresta. Ele estava ali num desses limites entre a cidade dos homens e a natureza pura; ainda pensava em seus problemas urbanos – mas um camaleão correu de súbito, um passarinho piou triste em algum ramo, e o homem ficou atento àquela humilde vida animal e também à vida silenciosa e úmida das árvores, e à pedra escura, com sua pele de musgo e seu misterioso coração mineral.

E pouco a pouco ele foi sentindo uma paz naquele começo de escuridão, sentiu vontade de deitar e dormir entre a erva úmida, de se tornar um confuso ser vegetal, num grande sossego, farto de terra e de água; ficaria verde, emitiria raízes e folhas, seu tronco seria um tronco escuro, grosso, seus ramos formariam copa densa, e ele seria, sem angústia nem amor, sem desejo nem tristeza, forte, quieto, imóvel, feliz.

O COMPADRE POBRE

O coronel, que então já morava na cidade, tinha um compadre sitiante que ele estimava muito. Quando um filho do compadre Zeferino ficava doente, ia para a casa do coronel, ficava morando ali até ficar bom, o coronel é que arranjava médico, remédio, tudo.

Quase todos os meses o compadre pobre mandava um caixote de ovos para o coronel. Seu sítio era retirado umas duas léguas de uma estaçãozinha da Leopoldina, e compadre Zeferino despachava o caixote de ovos de lá, frete a pagar. Sempre escrevia no caixote: CUIDADO É OVOS – e cada ovo era enrolado em sua palha de milho com todo carinho para não se quebrar na viagem. Mas, que o quê: a maior parte quebrava com os solavancos do trem.

Os meninos filhos do coronel morriam de rir abrindo o caixote de presente do compadre Zeferino; a mulher dele abanava a cabeça como quem diz: qual... Os meninos, com as mãos lambuzadas de clara e gema, iam separando os ovos bons. O coronel, na cadeira de balanço, ficava sério; mas, reparando bem, a gente via que ele às vezes sorria das risadas dos meninos e das bobagens que eles diziam: por exemplo, um gritava para o outro – "cuidado, é ovos!"

Quando os meninos acabavam o serviço, o coronel perguntava:

— Quantos salvaram?

Os meninos diziam. Então ele se voltava para a mulher: "Mulher, a quanto está a dúzia de ovos aqui no Cachoeiro?" A mulher dizia. Então ele fazia um cálculo do frete que pagara, mais do carreto da estação até a casa e coçava a cabeça com um ar engraçado:

— Até que os ovos do compadre Zeferino não estão me saindo muito caros desta vez.

Um dia perguntei ao coronel se não era melhor avisar ao compadre Zeferino para não mandar mais ovos; afinal, para ele, coitado, era um sacrifício se desfazer daqueles ovos, levar o caixote até a estação para despachar; e para nós ficava mais em conta comprar ovos na cidade.

O coronel me olhou nos olhos e falou sério:

— Não diga isso. O compadre Zeferino ia ficar muito sem graça. Ele é muito pobre. Com pobre a gente tem de ser muito delicado, meu filho.

Um sonho de simplicidade

Então, de repente, no meio dessa desarrumação feroz da vida urbana, dá na gente um sonho de simplicidade. Será um sonho vão? Detenho-me um instante, entre duas providências a tomar, para me fazer essa pergunta. Por que fumar tantos cigarros? Eles não me dão prazer algum; apenas me fazem falta. São uma necessidade que inventei. Por que beber uísque, por que procurar a voz de mulher na penumbra ou os amigos no bar para dizer coisas vãs, brilhar um pouco, saber intrigas?

Uma vez, entrando numa loja para comprar uma gravata, tive de repente um ataque de pudor, me surpreendendo assim, a escolher um pano colorido para amarrar ao pescoço.

A vida bem poderia ser mais simples. Precisamos de uma casa, comida, uma simples mulher, que mais? Que se possa andar limpo e não ter fome, nem sede, nem frio. Para que beber tanta coisa gelada? Antes eu tomava a água fresca da talha, e a água era boa. E quando precisava de um pouco de evasão, meu trago de cachaça.

Que restaurante ou boate me deu o prazer que tive na choupana daquele velho caboclo do Acre? A gente tinha ido pescar no rio, de noite. Puxamos a rede afundando os pés na lama, na noite escura, e isso era bom. Quando ficamos bem cansados, meio molhados, com frio, subimos a barranca, no meio do mato, e chegamos à choça de um velho seringueiro. Ele acendeu um fogo, esquentamos um pouco junto do fogo, depois me deitei numa grande rede branca – foi um carinho ao longo de todos os músculos cansados. E então ele me deu um pedaço de peixe moqueado e meia caneca de cachaça. Que prazer em comer aquele peixe, que calor bom em tomar aquela cachaça e ficar algum tempo a conversar, entre grilos e vozes distantes de animais noturnos.

Seria possível deixar essa eterna inquietação das madrugadas urbanas, inaugurar de repente uma vida de acordar bem cedo? Outro dia vi uma linda mulher, e senti um entusiasmo grande, uma vontade de conhecer mais aquela bela estrangeira: conversamos muito, essa primeira conversa longa em que a gente vai jogando um baralho meio marcado, e anda devagar, como a patrulha que faz um reconhecimento. Mas por que, para que, essa eterna curiosidade, essa fome de outros corpos e outras almas?

Mas para instaurar uma vida mais simples e sábia, então seria preciso ganhar a vida de outro jeito, não assim, nesse comércio de pequenas pilhas de palavras, esse ofício absurdo e vão de dizer coisas, dizer coisas… Seria preciso fazer algo de sólido e de singelo; tirar areia do rio, cortar lenha, lavrar a terra, algo de útil e concreto, que me fatigasse o corpo, mas deixasse a alma sossegada e limpa.

Todo mundo, com certeza, tem de repente um sonho assim. É apenas um instante. O telefone toca. Um momento! Tiramos um lápis do bolso para tomar nota de um nome, um número… Para que tomar nota? Não precisamos tomar nota de nada, precisamos apenas viver – sem nome, nem número, fortes, doces, distraídos, bons, como os bois, as mangueiras e o ribeirão.

Os Teixeiras moravam em frente

Para não dar o nome certo digamos assim: os Teixeiras moravam quase defronte lá de casa.

Não tínhamos nada contra eles: o velho, de bigodes brancos, era sério e cordial e às vezes até nos cumprimentava com deferência. O outro homem da casa tinha uma voz grossa e alta, mas nunca interferiu em nossa vida, e passava a maior parte do tempo em uma fazenda fora da cidade; além disso seu jeito de valentão nos agradava, porque ele torcia para o mesmo time que nós.

Mas havia as Teixeiras. Quantas eram, oito ou vinte, as irmãs Teixeiras? Sei que era uma casa térrea muito, muito longa, cheia de janelas que davam para a rua, e em cada janela havia sempre uma Teixeira espiando. Havia umas que eram boazinhas, mas em conjunto as irmãs Teixeiras eram nossas inimigas, acho que principalmente as mais velhas e mais magras.

As Teixeiras tinham um pecado fundamental: elas não compreendiam que em uma cidade estrangulada entre morros, nós, a infância, teríamos de andar muito para arranjar um campo de futebol; e, portanto, o nosso campo natural para chutar a bola de borracha ou de meia era a rua mesmo.

Jogávamos descalços, a rua era calçada de pedras irregulares (só muitos anos depois vieram os paralelepípedos, e eu me lembro que os achei feios, com sua cor de granito, sem a doçura das pedras polidas entre as quais medrava o capim; e achei o nome também horroroso, insuportável, *paralelepípedos*, nome que o prefeito dizia com muita importância, parece que a grande glória de Cachoeiro e o progresso supremo da humanidade residia nessa palavra imensa e antipática – paralelepípedos); mas, como eu ia dizendo, a gente dava tanta topada que todos tínhamos os pés escalavrados: as plantas dos pés eram de couro grosso, e as unhas eram curtas, grossas e tortas, principalmente do dedão e do vizinho dele. Até ainda me lembro de um pedaço do "campo" que era melhor, era do lado da extrema direita de quem jogava debaixo para cima, tinha uma pedra grande, lisa, e depois um meio metro só de terra com capim, lugar esplêndido para chutar em gol ou centrar.

Tenho horror de contar vantagem, muita gente acha que eu quero desmerecer o Rio de Janeiro contando coisas de Cachoeiro, isto é uma injustiça; a prova aqui está: eu reconheço que o Estádio do Maracanã é maior que o nosso campo, até mesmo o Pacaembu é bem maior. Só que nenhum dos dois pode ser tão emocionante, nem jamais foi disputado tão palmo a palmo ou pé a pé, topada a topada, canelada a canelada, às vezes tapa a tapa.

Não consigo me lembrar se a marcação naquele tempo era em diagonal ou por zona; em todo caso a técnica do futebol era diferente, o jogo era ao mesmo tempo mais cavado e mais livre, por exemplo: não era preciso ter onze jogadores de cada lado, podia ser qualquer número, e mesmo às vezes jogavam cinco contra seis pois a gente punha dois menores para equilibrar um vaca-brava maior.

Eu disse que as partidas eram emocionantes; até hoje não compreendo como as Teixeiras jamais se entusiasmaram pelos nossos prélios. Isso foi um erro, e na semana que vem eu contarei por quê.

As Teixeiras e o futebol

Com os Andradas tínhamos feito uma espécie de pacto; a gente não jogava bola na rua defronte da casa deles, mas um pouco para cima, onde havia um muro que dava para o quintal da casa; em compensação, eles deixavam a gente pular o muro e apanhar a bola quando ela caía lá. Mas o muro não era bastante comprido, e assim o nosso campo abrangia, como eu ia dizendo, algumas janelas das Teixeiras. As quais, eu também já disse, não apreciavam o futebol.

Quando a gritaria na rua era maior, uma das Teixeiras costumava nos passar um pito da janela, mandando a gente embora. O jogo parava um instante, ficávamos quietos, de cara no chão – e logo que ela saía da janela a peleja continuava. Às vezes aquela ou outra Teixeira voltava a gritar conosco – começavam por nos chamar de "meninos desobedientes" e acabavam nos chamando de "moleques", o que nos ofendia muito ("Moleque é a senhora!" – gritou Chico uma vez), mas de modo algum nos impedia de finalizar a pugna.

Uma das Teixeiras era mais cordial, chamava um de nós pelo nome, dizia que éramos uns meninos inteligentes, filhos de gente boa, portanto poderíamos compreender que a bola poderia quebrar uma vidraça. "Não quebra não senhora! Não quebra não senhora!" – gritávamos com absoluta convicção, e tratávamos de tocar o jogo para a frente para não ouvir novas observações.

Um dia ela nos propôs jogar mais para baixo, então o Juquinha foi genial: "Não, senhora, lá nós não podemos porque tem a Dona Constança doente", desculpa notável e prova de bom coração de nosso time. "Então por que vocês não jogam mais para cima?" – propôs ela com certa astúcia, e falando um pouco baixo, como se temesse que os vizinhos de cima ouvissem. "Ah, não, lá o campo não presta!", argumento, aliás sincero, de ordem técnica, e portanto irrespondível.

"Eu vou falar com papai! Quando ele chegar vocês vão ver" – gritou certa vez uma das Teixeiras mais antipáticas. Pois naquele momento o coronel de bigodes brancos ia chegando, o jogo parou, ele perguntou à filha o que era, ela disse "esses meninos fazendo algazarra aí, é um inferno, qualquer hora quebram uma vidraça" – mas o velho ouviu calado e entrou calado, sem sequer nos olhar, nem dar qualquer importância ao fato. Sentimos que o velho, sim, era uma pessoa realmente importante e um homem direito, e superior, e continuamos nossa partida.

As queixas que algumas Teixeiras faziam em nossa casa eram muito bem recebidas por mamãe, que lhes dava toda razão – "esses meninos estão mesmo impossíveis" –, e uma ou duas vezes nos transmitiu essas queixas sem convicção. De outra feita, como a conversa lá em casa versasse sobre as Teixeiras, ouvimo-la dizer que fulana e sicrana (duas das irmãs) eram muito boazinhas, muito simpáticas, mas beltrana, coitada, era tão enjoada, tão antipática, "ainda ontem esteve aqui fazendo queixas de meus filhos".

Mamãe era a favor de nosso time; mamãe, no fundo, e papai também (hoje, que o time e eles dois morreram, esta súbita certeza, ao meditar no distante passado, tem um poder absurdo, inesperado de me comover, até sentir um ardor de lágrimas nos olhos) – eles sempre foram a favor de nosso time! E nosso caso com as Teixeiras foi se agravando, como se verá.

A vingança de uma Teixeira

A troca da bola de meia para a bola de borracha foi uma importante evolução técnica do *association* em nossa rua. Nossa primeira bola de borracha era branca e pequena; um dia, entretanto, apareceu um menino com uma bola maior, de várias cores, belíssima, uma grande bola que seus pais haviam trazido do Rio de Janeiro. Um deslumbramento; dava até pena de chutar. Admiramo-la em silêncio; ela passou de mão em mão; jamais nenhum de nós tinha visto coisa tão linda.

Era natural que as Teixeiras não gostassem quando essa bola partiu uma vidraça. Nós todos sentimos que acontecera algo de terrível. Alguns meninos correram; outros ficaram a certa distância da janela, olhando, trêmulos, mas apesar de tudo dispostos a enfrentar a catástrofe. Apareceu logo uma das Teixeiras, e gritou várias descomposturas. Ficamos todos imóveis, calados, ouvindo, sucumbidos. Ela apanhou a bola e sumiu para dentro de casa. Voltou logo depois e, em nossa frente, executou o castigo terrível: com um grande canivete preto furou a bola, depois cortou-a em duas metades e jogou-a à rua. Nunca nenhum de nós teria podido imaginar um ato de maldade tão revoltante. Choramos de raiva; apareceram mais duas Teixeiras que davam gritos e ameaçavam descer para nos puxar as orelhas. Fugimos.

A reunião foi junto do cajueiro do morro. Nossa primeira ideia de vingança foi quebrar outras vidraças a pedradas. Alguém teve um plano mais engenhoso: dali mesmo, do alto do morro, podíamos quebrar as vidraças com atiradeiras, e assim ninguém nos veria. — Mas elas vão logo dizer que fomos nós!

Alguém informou que as Teixeiras iam todas no dia seguinte para uma festa na fazenda, um casamento ou coisa que o valha. O plano de assalto à casa foi traçado por mim. A casa das Teixeiras dava os fundos para o rio e uma vez, em que passeava de canoa, pescando aqui e ali, eu entrara em seu quintal para roubar carambolas. Havia um cachorro, mas era nosso conhecido, fácil de enganar.

Falou-se muito tempo dos ladrões que tinham arrombado a porta da cozinha da casa das Teixeiras. Um cabo de polícia esteve lá, mas não chegou a nenhuma conclusão. Os ladrões tinham roubado um anel sem muito valor, mas de grande estimação, com monograma, e tinham feito uma desordem tremenda na casa; havia vestidos espalhados pelo chão, um tinteiro e uma caixa de pó de arroz entornados em um quarto, sobre uma cama. Falou-se que tinha desaparecido dinheiro, mas era mentira; lembro-me vagamente de uma faca de cozinha, um martelo, uma lata de goiabada; isso foi todo o nosso butim.

O anel foi enterrado em algum lugar no alto do morro; mas alguns dias depois caiu um temporal e houve forte enxurrada; jamais conseguimos encontrar o nosso tesouro secretíssimo, e rasgamos o mapa que havíamos desenhado.

Durante algum tempo as famílias da rua fecharam com mais cuidado as portas e janelas, alguns pais de família saltaram assustados da cama a qualquer ruído, com medo dos ladrões; mas eles não apareceram mais.

      Nosso terrível segredo nos deu um grande sentimento de importância, mas nunca mais jogamos futebol diante da casa das Teixeiras. Deixamos de cumprimentar a que abrira a bola com o canivete; mesmo anos depois, já grandes, não lhe dávamos sequer bom-dia. Não sei se foi feliz na existência, e espero que não; se foi, é porque praga de menino não tem força nenhuma.

A CASA VIAJA NO TEMPO

Volto, como antigamente, a esta grande casa amiga, na noite de domingo. Recuso, com o mesmo sorriso, a batida que o dono da casa me oferece, e tomo a mesma cachacinha de sempre. O dono da casa é o mesmo, a cachaça é a mesma, a casa, eu... E tantas vezes vim aqui que não tomo consciência das coisas que mudaram.

Sento-me, por acaso, ao lado de uma jovem senhora, amiga da família, e a conversa é tranquila e morna. Mas de repente, a propósito de alguma coisa, ela diz que se lembra de mim há muito tempo. "Você vinha às vezes jantar, sempre assim, de paletó e sem gravata. Sentava calado, com a cara meio triste, um ar sério. Eu me lembro muito bem. Eu tinha seis anos..."

Seis anos! Certamente não me lembro dessa menina de seis anos; a casa sempre esteve cheia de meninas e mocinhas, há pessoas que eu conheço de muitos domingos através de muitos anos, e das quais nem sequer sei o nome. Pessoas que para mim fazem parte desta casa e desses domingos, visitando esta casa.

A primeira recordação que tenho dessa jovem é de uma adolescente que às vezes dançava no jardim. Era certamente linda; mas não creio que tivéssemos trocado, através dos anos, mais de duas ou três frases ocasionais. Sempre tive a vaga impressão de que, por algum motivo imponderável, ela não simpatizava comigo. Só agora me dou conta de que a vi crescer, terei sido uma distraída testemunha de seus flertes, seu namoro; lembro-me de seu noivado, lembro-me quando se casou, sei que hoje, ainda tão moça, tem dois filhos – e a maternidade veio definir melhor sua radiosa beleza juvenil.

Inutilmente procuro reconstruir a menina de seis anos que me olhava na mesa, e me achava triste. E não faço a menor ideia do que ela soube ou viu a meu respeito durante esses inumeráveis domingos. Certamente fui sempre, para ela, uma figura constante, mas vaga – um senhor feio e quieto, que ela se acostumou a ver distraidamente de vez em quando – às vezes com um ano ou mais de intervalo, que viaja e reaparece com a mesma cara e o mesmo jeito. Tomo consciência de que é a primeira vez que conversamos os dois, ao fim de tantos anos de vagos "boa-noite" e "como vai?" mas nossa conversa tranquila e trivial me emociona de repente quando ela diz: "eu tinha seis anos…"

Penso em tudo o que vivi nestes anos – tanta coisa tão intensa que veio e foi – e penso na casa, no dono da casa, na família, na gente que passou por aqui. A casa não é mais a mesma, a casa não é mais casa, é um grande navio que vai singrando o tempo, que vai embarcando e desembarcando gente no porto de cada domingo: dentro em pouco outra menina de seis anos, filha dessa menina, estará sentada na mesma sala, sob a mesma lâmpada, e com seus dois olhinhos pretos verá o mesmo senhor calado, de cara triste – o mesmo senhor que numa noite de domingo, sem o saber, se despedirá para sempre e irá para o remoto país onde encontrará outras sombras queridas ou indiferentes que aqui viveram também suas noites de domingo – e não voltaram mais.

A nenhuma chamarás Aldebarã

Eu vinha de não sei que tristes sonhos, nefastos pesadelos. Despertei, ansiado, no meio da noite, e olhando a escura parede senti que as imagens torvas que me povoavam os olhos ainda tontos ali vagamente se moviam. Voltei-me, então, sobre o meu flanco direito; a janela estava aberta para a noite. Era uma noite sem lua, que ciciava em árvores e murmurava em águas humildes; e uma grande estrela brilhava.

Haveria outras, esparsas e pequenas, mas aquela era tão grande e cintilava com uma estranha palpitação; era tão distante, mas brilhava tão perto e tão para mim como se fosse uma lanterna que mão amiga houvesse pendurado em minha janela para me dar alento no fundo da treva. Eu vagara tanto pelo mundo que, ao despertar, não sabia em que leito, casa, país e tempo; e mesmo tinha de recompor minha ideia para lembrar se era feliz ou infeliz. Apenas senti que estava agora voltado para o norte, e do fundo de meu coração saudei a estrela com a palavra que me veio aos lábios: Aldebarã!

Lera essa palavra em velhos, cansados livros que falam de astros e mistérios do céu; mas somente agora percebia que era uma palavra mística, feita de muitas outras, querendo dizer, em antigas secretas línguas: a Nova Esperança, a Grande Amiga, o Esquecimento das Mágoas, a Alegria da Noite.

Aldebarã, Aldebarã! – disse eu, com estranho ardor; e foi como se a sua palpitação se fizesse mais fremente e pura.

Então uma voz suave me disse, e era como se a minha melancólica mãe ou, ainda mais distante, a minha irmã e madrinha me passasse a mão pelos cabelos: "Descansa, dorme em paz, Aldebarã é tua amiga; e como soubeste dizer seu nome ela é para sempre tua amiga; dorme em paz, homem da noite solitária e cruel e dos fatigados, tristes pesadelos; dorme. E se amanhã, na tua inquieta fantasia, quiseres dar esse nome a algo que ames, podes dá-lo sem remorso à égua fidalga que no galope deixa que o luar lhe beije as negras crinas, ou à mais bela flor no pélago marinho; e até podes chamar Aldebarã a uma nuvem que se doira no momento em que o céu, para o ocidente, já toma a cor da triste violeta; mas promete que nunca darás esse nome, nunca, a nenhuma filha dos homens, por mais ansioso te faça a sua beleza peregrina."

Eu disse apenas, humilde: "Prometo." E então, pela primeira vez em muitos e muitos anos de longas noites, eu pude adormecer sorrindo, porque meu coração era puro como o de um menino.

Lembranças

Lendo, outro dia, as reminiscências infantis de um escritor sobre a Abolição e a República fiquei a pensar nos acontecimentos políticos que me impressionaram no começo da vida. Lembro-me (tinha 5 anos) de estar no caramanchão de minha casa quando alguém disse que o Brasil tinha ganho a guerra da Alemanha. Não me recordo de ter ouvido falar dessa guerra antes. A primeira notícia que dela tive foi essa da vitória: fiquei contente na hora, mas creio que não pensei mais no assunto.

O que muito me impressionou (9 anos) foi o Centenário da Independência; esperei com ansiedade o dia 7 de setembro. Houve grande ajuntamento na Praça Jerônimo Monteiro, com banda de música e oradores falando do coreto. Depois, a multidão, com archotes acesos, caminhou pela rua, atravessou a Ponte Municipal; do lado norte, subimos um morro onde haviam armado um grande cruzeiro. Não me lembro se houve missa ou reza, lembro-me de um discurso de um chefe político, o Sr. Fernando de Abreu. Eu estava achando bonito andar assim todo mundo no meio da noite, mas tenho a lembrança de uma certa decepção. Achei que a festa acabou cedo demais; por mim eu caminharia léguas ainda, principalmente se tivesse um archote (não me deram nenhum), depois achei a ideia de cruzeiro meio sem graça; eu esperava vagamente que aparecesse uma coisa assim como a estátua de Pedro I a cavalo, como havia no meu livro escolar. As palavras "Centenário da Independência" me faziam prever algo de mais estupendo, como se as pessoas devessem ficar maiores e brilhar, toda a terra estremecer, porque era o Centenário.

 Coisa de um ano depois, outra lembrança: eu ia para a escola quando encontrei com meninos que já vinham voltando, pois não ia haver aula. Perguntei por que, e eles gritaram alegremente: Rui Barbosa morreu! Rui Barbosa morreu! Juntei-me a eles e também comecei a gritar para todo o mundo: Rui Barbosa morreu! Nunca ouvira falar de Rui Barbosa, mas na mesma hora, pela conversa de gente grande, fiquei informado de que: a) era o homem mais inteligente do Brasil, grande patriota que tinha assombrado o mundo inteiro; b) não valia nada porque tinha votado o estado de sítio e era um vendido, porque era o advogado da Light. Fiquei um tanto perplexo com estas informações e ainda mais (perplexidade alegre) por não haver aulas.

 Tenho outra recordação que acredito ser dos 12 anos: o batalhão do meu colégio formou (não me lembro se ainda era anspeçada ou já chegara a terceiro-sargento, posto máximo que atingi e do qual fui logo rebaixado a cabo; acho que era cabo) e fomos à estação esperar a Força Pública do Espírito Santo que estava voltando da Revolução de São Paulo. Lembro-me de nosso orgulho em formar juntamente com soldados de verdade, que vinham da guerra e tinham ganho a guerra; muitos deles usavam barbas e todos nos pareciam heróis. Grande foi a minha estranheza quando nosso pelotão, não sei por que, ficou parado junto ao meio-fio, e ouvi a conversa de uns homens que estavam ali na calçada. Diziam que aqueles soldados tinham feito um papel muito feio em São Paulo e eram covardes e ladrões, tinham roubado muita coisa, inclusive automóveis, que certos oficiais estavam carregando para eles. Efetivamente vi alguns automóveis em um trem de carga, o que me impressionou.

Bolas! Eu preferia que Rui Barbosa fosse um grande homem para todo o mundo e a nossa Força Pública tivesse feito uma bela guerra contra Isidoro; mas nas ruas de Cachoeiro nunca faltou um espírito de contradição, algum homem do povo de palavra solta para envenenar a nossa alegria cívica e nos ensinar desconfiança. Mesmo quando injusto, esse espírito de porco ainda hoje me parece útil, e temo qualquer regime que o suprima, ou tente suprimi-lo.

Velhas cartas

"Você nunca saberá o bem que sua carta me fez…" Sinto um choque ao ler esta carta antiga que encontro em um maço de outras. Vejo a data, e então me lembro onde estava quando a recebi. Não me lembro é do que escrevi que fez tanto bem a uma pessoa. Passo os olhos por essas linhas antigas, elas dão notícias de amigos, contam uma ou outra coisa do Rio, e tenho curiosidade de ver como ela se despedia de mim. É do jeito mais simples: "A saudade de…"

Agora folheio outras cartas de amigos e amigas; são quase todas de apenas dois ou três anos atrás. Mas, como isso está longe! Sinto-me um pouco humilhado pensando como certas pessoas me eram necessárias e agora nem existiriam mais na minha lembrança se eu não encontrasse essas linhas rabiscadas em Londres ou na Suíça. "Cheguei neste instante; é a primeira coisa que faço, como prometi, escrever para você, mesmo porque durante a viagem pensei demais em você…"

Isto soa absurdo a dois anos e meio de distância. Não faço a menor ideia do paradeiro dessa mulher de letra redonda; ela, com certeza, mal se lembrará do meu nome. E esse casal, santo Deus, como era amigo: fazíamos planos de viajar juntos pela Itália; os dias que tínhamos passado juntos eram "inesquecíveis".

E esse amigo como era amigo! Entretanto, nenhum de nós dois se lembrou mais de procurar o outro.

Essa que se acusa e se desculpa de me haver maltratado – "mais pourquoi alors ai-je été si méchante... j'ai dû te blesser, pardon... oh, j'étais vraiment stupide et tu dois l'oublier... je veux te revoir...", mas eu não me lembro de mágoa nenhuma, seu nome é apenas para mim uma doçura distante.

E que terríveis negócios planejava esse meu amigo de sempre! Sem dúvida iríamos ficar ricos, o negócio era fácil e não podia falhar, ele me escrevia contente de eu ter topado com entusiasmo a ideia, achava a sugestão que eu fizera "batatal", dizia que era preciso "agir imediatamente". É extraordinário que nunca mais tenhamos falado de um negócio tão maravilhoso.

Aqui, outro amigo escreve do Rio para Paris me pedindo um artigo urgente e grande "sobre a situação atual da literatura francesa, pelo menos dez páginas, nossa revista vai sair dia 15, faça isso com urgência, estamos com quase toda a matéria pronta". Não fiz o artigo, a revista não saiu, a literatura francesa não perdeu nada com isso, a brasileira, muito menos.

As cartas mais queridas, as que eram boas ou ruins demais, eu as rasguei há muito. Não guardo um documento sequer das pessoas que mais me afligiram e mais me fizeram feliz. Ficaram apenas, dessa época, essas cartas que na ocasião tive pena de rasgar e depois não me lembrei de deitar fora. A maioria eu guardei para responder depois, e nunca o fiz. Mas também escrevi muitas cartas e nem todas tiveram resposta.

Imagino que em algum lugar do mundo há alguém que neste momento remexe, por acaso, uma gaveta qualquer, encontra uma velha carta minha, passa os olhos por curiosidade no que escrevi, hesita um instante em rasgar, e depois a devolve à gaveta com um gesto de displicência, pensando, talvez: "é mesmo, esse sujeito onde andará? Eu nem me lembrava mais dele..."

E agradeço a esse alguém por não ter rasgado a minha carta: cada um de nós morre um pouco quando alguém, na distância e no tempo, rasga alguma carta nossa, e não tem esse gesto de deixá-la em algum canto, essa carta que perdeu todo o sentido, mas que foi um instante de ternura, de tristeza, de desejo, de amizade, de vida – essa carta que não diz mais nada e apenas tem força ainda para dar uma pequena e absurda pena de rasgá-la.

Na fazenda do Frade

Chegamos. Para quê? A velha casa da fazenda de meu avô está quase em ruínas. A varanda caiu há muito tempo. O atual fazendeiro vive em uma casa nova, que ele construiu mais abaixo; aqui mora uma família de colonos, e a mulher me diz que tem medo da casa: nas noites de vento e chuva a família se esconde no paiol, porque parece que tudo vem abaixo.

As grandes tábuas do assoalho gemem sob meus pés. A cozinha me parece diferente. Ou será que a cozinha que eu guardava na memória era de outra fazenda, a da Boa Esperança, onde a gente costumava ir nas férias de junho? E o quarto onde eu dormia? Não sei mais qual é. Mas na sala está a grande mesa de jantar de meu avô, a grande mesa preta onde a família se juntava – me lembro da hora do almoço, os homens chegavam de cabelos suados; me lembro da hora do jantar, estava escurecendo, acendia-se um grande lampião e, ao longo dos longos bancos, corria um murmúrio – "a bênção, a bênção, Deus te abençoe, boa-noite, boa-noite, a bênção" –, era a gente se cumprimentando e se abençoando porque chegara a noite.

Na verdade não conheci meu avô materno, apenas a avó magra e sempre doente, que, entretanto, não recordo aqui, mas em nossa casa de Cachoeiro. De tudo ficou apenas a grande mesa escura.

Há nomes gravados a canivete, eu sei; vejo aqui o nome de um primo-irmão; se eu afastasse esse saco de milho talvez encontrasse também o meu; talvez tenha sumido. Olho o pequeno córrego que vem murmurando no meio do matinho (tinha sanguessugas), depois desce pelas pedras. Não me lembro de muitas árvores, me lembro muito bem daquele bambual na curva do morro, no caminho da fazenda chamada do Espírito Santo, onde nasceram meus irmãos; depois o caminho entrava na mata, era fresquinho, a gente parava o cavalo num córrego para ele beber água, ouço as patas do animal dentro da água, vejo a água escorrendo dos freios – "ruma, cavalo!" –, as patas pisavam com mais força – "bloc bloc bloc" – na água e na lama, o cavalo galgava a margem do outro lado, então a gente sentia vontade de dar um galope. De repente me assaltam essas recordações, outras recordações: tio Adrião estava brigado com meu pai...

Antes de passar o moinho de fubá ainda olho a velha casa, tão triste agora sem sua varanda; lembro as grandes tempestades de verão, as nuvens pretas se juntando em cima da pedra do Frade, túmidas de raios e trovões. Qualquer hora o casarão se abaterá para sempre, como velhas árvores já se abateram. Como o velho Coelho e todos os seus filhos homens já morreram – como seu neto, cansado e sem remorso, também pode morrer.

O FISCAL DA NOITE

Fui eu que vi o Cruzeiro erguer-se do mar e mais tarde chegar até o horizonte de minha varanda; vi duas estrelas muito brilhantes nascerem depois dele e subir também. Analfabeto olhando as estrelas, segui sua navegação sem saber seus nomes; vigiei de meu imóvel tombadilho.

Estava solitário, mas não triste; lembrei o velho dito dos bêbedos: "A noite ainda é uma criança."

Mas o tempo avança. Agora medito no seio de uma noite madura, como à sombra de uma grande árvore; de raro em raro, madura demais, cai uma estrela e se perde na escureza do céu ou do chão. Quase não vejo o mar, apenas o pressinto e o sei arfando lânguido, sem vento.

Deus me pôs nesta rede a olhar a noite. Não tenho sono nem vontade de sair; não telefonarei para ninguém. Sou como um débil mental a quem houvessem dado o emprego de fiscalizar as estrelas, e acompanho com paciência sua marcha lenta. Devo dizer que estão se comportando bem, tanto as mais novas como as mais velhas; andam de leste para oeste de maneira morosa e sensata, guardando com atenção as respectivas distâncias. Se o major-fiscal me telefonar direi que não há nenhuma alteração. O nascimento da Lua está marcado para as 24h45 da madrugada; espero que seja pontual e não me dê aborrecimentos. O número de estrelas cadentes é diminuto.

Informarei: "Pequenas baixas; o desperdício de estrelas durante a noite a meu cargo foi mínimo e, creio, inevitável; nosso estoque é imenso, senhor major". O major comunicará ao coronel, este ao general, este ao Presidente da República. O Presidente da República expedirá mensagens congratulatórias a Deus e a Albert Einstein, no Paraíso. Adormeço na rede, e desperto assustado; mas o céu está em ordem, e as estrelas marcham sempre na mesma direção, como crianças bem-comportadas. Deus me pôs nesta rede, e o Diabo me fez dormir. Felizmente a Lua ainda não nasceu. Risco um fósforo para olhar meu relógio ("a opinião do prefeito de Genebra sobre a hora de Ipanema"), meu famoso relógio antimagnético, antiatômico e antilírico, e suspiro aliviado; ainda faltam dezoito minutos para o nascimento da Lua. Levanto-me e tomo posição em outro ângulo da varanda, murmurando: "Vamos providenciar isso."

Nós, imperadores sem baleias

  Foi em agosto de 1858 que correu na cidade o boato de que havia duas baleias imensas em Copacabana. Todo mundo se mandou para essa praia remota, muita gente dormiu lá em barracas, entre fogueiras acesas, e Pedro II também foi com gente de sua imperial família ver as baleias. O maior encanto da história é que não havia baleia nenhuma. Esse imperador saindo de seus paços, viajando em carruagem, subindo o morro a cavalo para ver as baleias, que eram boato, é uma coisa tão cândida, é um Brasil tão bobo e tão bom!
  Pois bem. No começo da última guerra havia uns rapazes que se juntavam no Bar Vermelhinho, para beber umas coisas, ver as moças, bater papo.
  Ah! – como dizia o Eça – éramos rapazes! E entre nós havia um poeta que uma tarde chegou com os olhos verdes muito abertos, atrás dos óculos, falando baixo, portador de uma notícia extraordinária: a esquadra inglesa estava ancorada na lagoa Rodrigo de Freitas!
  Ah!, éramos rapazes! Visualizamos num instante aquela beleza, a esquadra amiga, democrática, evoluindo perante o Jockey Club, abençoada pelo Cristo do Corcovado entre as montanhas e o mar. Eu me ri e disse: poeta, que brincadeira, como é que a esquadra ia passar por aquele canal? Ele respondeu: pois é, isto é que é espantoso!
  Em volta, as moças acreditavam. Em que as moças não acreditam? Elas não sabem geografia nem navegação, são

vagas a respeito de canais, e se não acreditarem nos poetas, como poderão viver? Mas houve protestos prosaicos: não era possível! O poeta tornou-se discreto, falava cada vez mais baixo: está lá. E como as dúvidas fossem crescendo, grosseiras, ele confidenciou: quem viu foi Dona Heloísa Alberto Torres! Ficamos um instante em silêncio. O nome de uma senhora ilustre, culta, séria e responsável era colocado no mastro-real da capitânia da esquadra do Almirante Nélson pelas mãos do poeta. E o poeta sussurrou: eu vou para lá. Então as moças também quiseram ir, e como é bom que rapazes e moças andem juntos, nós partimos todos alegremente – ah!, éramos rapazes! –, mesmo porque lá havia outro bar, no Sacopã.

Já havia o Corte do Cantagalo? Não havia o Corte do Cantagalo? A tarde era fresca e bela, não me lembro mais de nosso caminho, lembro da viagem, as moças rindo. Tudo sobre nossas cabeças de jovens era pardo, o governo era nazista, a gente lutava entre a cadeia e o medo, com fome de liberdade – e de repente a esquadra inglesa, tangida pelo poeta, na lagoa Rodrigo de Freitas! Fomos, meio bebidos, nosso carro desembocou numa rua, noutra, grande emoção – a lagoa! Estava mais bela do que nunca, levemente crespa na brisa da tarde, debaixo do céu azul de raras nuvens brancas perante as montanhas imensas.

Não havia navios. Rimos, rimos, rimos, mas o poeta, de súbito, sério, apontou: olhem lá. Céus! Na distância das águas havia um mastro, nele uma flâmula que a brisa do Brasil beijava e balançava, antes te houvessem roto na batalha que servires a um povo de mortalha! O encantamento durou um instante, e nesse instante caiu o Estado Novo, morreram Hitler e Mussolini, as prisões se abriram, raiou o sol da liberdade, – mas um desalmado restaurou a negra, assassina, ladravaz ditadura com quatro palavras: é o Clube Piraquê de mastro novo! Aquilo é o Clube, não é navio nenhum!

Então bebemos, o entardecer era lindo na beira da lagoa, as moças ficaram meigas, eu consolei a todos com a história do imperador sem baleias. O poeta Vinicius disse: nós somos imperadores sem baleias! Ah!, éramos rapazes!

Não ameis à distância!

Em uma cidade há um milhão e meio de pessoas, em outra há outros milhões; e as cidades são tão longe uma da outra que nesta é verão quando naquela é inverno. Em cada uma dessas cidades há uma pessoa; e essas pessoas tão distantes acaso pensareis que podem cultivar em segredo, como plantinha de estufa, um amor à distância? Andam em ruas tão diferentes e passam o dia falando línguas diversas; cada uma tem em torno de si uma presença constante e inumerável de olhos, vozes, notícias. Não se telefonam mais; é tão caro e demorado e tão ruim e além disso, que se diriam? Escrevem-se. Mas uma carta leva dias para chegar; ainda que venha vibrando, cálida, cheia de sentimento, quem sabe se no momento em que é lida já não poderia ter sido escrita? A carta não diz o que a outra pessoa está sentindo, diz o que sentiu na semana passada... e as semanas passam de maneira assustadora, os domingos se precipitam mal começam as noites de sábado, as segundas retornam com veemência gritando – "outra semana!", e as quartas já têm um gosto de sexta, e o abril de de-já-hoje é mudado em agosto...
    Sim, há uma frase na carta cheia de calor, cheia de luz; mas a vida presente é traiçoeira e os astrônomos não dizem que muita vez ficamos como patetas a ver uma linda estrela jurando pela sua existência – e no entanto há séculos ela se

apagou na escuridão do caos, sua luz é que custou a fazer a viagem? Direis que não importa a estrela em si mesma, e sim a luz que ela nos manda; e eu vos direi: amai para entendê-las!

    Ao que ama o que lhe importa não é a luz nem o som, é a própria pessoa amada mesma, o seu vero cabelo, e o vero pelo, o osso de seu joelho, sua terna e úmida presença carnal, o imediato calor; é o de hoje, o agora, o aqui – e isso não há.

    Então a outra pessoa vira retratinho no bolso, borboleta perdida no ar, brisa que a testa recebe na esquina, tudo o que for eco, sombra, imagem, um pequeno fantasma, e nada mais. E a vida de todo dia vai gastando insensivelmente a outra pessoa, hoje lhe tira um modesto fio de cabelo, amanhã apenas passa a unha de leve fazendo um traço branco na sua coxa queimada pelo sol, de súbito a outra pessoa entra em *fading* um sábado inteiro, está-se gastando, perdendo seu poder emissor à distância.

    Cuidai amar uma pessoa, e ao fim vosso amor é um maço de cartas e fotografias no fundo de uma gaveta que se abre cada vez menos... Não ameis à distância, não ameis, não ameis!

Ao crepúsculo, a mulher...

Ao crepúsculo a mulher bela estava quieta, e me detive a examinar sua cabeça com a atenção e o extremado carinho de quem fixa uma flor. Sobre a haste do colo fino estava apenas trêmula: talvez a leve brisa do mar; talvez o estremecimento de seu próprio crepúsculo. Era tão linda assim, entardecendo, que me perguntei se já estávamos preparados, nós, os rudes homens destes tempos, para testemunhar a sua fugaz presença sobre a terra. Foram precisos milênios de luta contra a animalidade, milênios de milênios de sonho para se obter esse desenho delicado e firme. Depois os ombros são subitamente fortes, para suster os braços longos; mas os seios são pequenos, e o corpo esgalgo foge para a cintura breve; logo as ancas readquirem o direito de ser graves, e as coxas são longas, as pernas desse escorço de corça, os tornozelos de raça, os pés repetindo em outro ritmo a exata melodia das mãos.

Ela e o mar entardeciam, mas, a um leve movimento que fez, seus olhos tomaram o brilho doce da adolescência, sua voz era um pouco rouca. Não teve filhos. Talvez pense na filha que não teve... A forma do vaso sagrado não se repetirá nestas gerações turbulentas e talvez desapareça para sempre no crepúsculo que avança. Que fizemos desse sonho de deusa? De tudo o que lhe fizemos só lhe ficou o olhar triste, como diria o pobre Antônio, poeta português. O desejo de alguns a seguiu e a possuiu; outros ainda se erguerão como torvas chamas rubras, e virão crestá-la, eis ali um homem que avança na eterna marcha banal.

 Contemplo-a… Não, Deus não tem facilidade para desenhar. Ele faz e refaz sem cessar Suas figuras, porque o erro e a desídia dos homens entorpecem Sua mão: de geração em geração, que longa paciência Ele não teve para juntar a essa linha do queixo essa orelha breve, para firmar bem a polpa da panturrilha. Sim, foi a própria mão divina em um momento difícil e feliz. Depois Ele disse: anda… E ela começou a andar entre os humanos. Agora está aqui entardecendo; a brisa em seus cabelos pensa melancolias. As unhas são rubras; os cabelos também ela os pintou; é uma mulher de nosso tempo; mas neste momento, perto do mar, é menos uma pessoa que um sonho de onda, fantasia de luz entre nuvens, avideusa trêmula, evanescente e eterna.

 Mas para que despetalar palavras tolas sobre sua cabeça? Na verdade não há o que dizer; apenas olhar, olhar como quem reza, e depois, antes que a noite desça de uma vez, partir.

Uma tarde, em Buenos Aires...

Uma tarde em Buenos Aires eu estava meio triste – mas não bebi, não telefonei, não procurei nenhuma pessoa amiga. Fechado no meu capote e no meu silêncio pus-me a andar pela rua cheia de gente. As grandes luzes só se acendem às dez da noite e, desde muito cedo, no inverno, é escuro. Há um poder nessa multidão que desfila na penumbra como um rio grosso com seu murmúrio. Deixei-me ir pela Florida, dobrei talvez em Tucumán, subi até Suipacha, desemboquei em Corrientes, e eu era mais um homem de capote no seio da multidão, e a multidão me embalava e me fazia bem. E por ser impessoal e não ter pressa nem rumo, por ter um capote e sapatos grossos e por andar entre meus desconhecidos irmãos, eu me senti mais livre. E cumpri os ritos da multidão, comprei meu jornal, tomei meu café, li o placar das últimas notícias, fiquei um instante distraído mirando os frangos que giravam se tostando numa rotisseria.

Quando voltava para o meu hotel, por Florida, me lembrei do primeiro verso de um soneto que li há muito tempo, parece que de Alfonsina Storni, "*lo encontré en una esquina de la calle Florida…*" Fiquei com esse verso na cabeça, pensando vagamente que esse homem sem nome que alguém encontrou em uma esquina de *la calle Florida* podia ser eu, como podia ser milhões de outros, e tirei disso não sei que vago e particular consolo.

Não foi em uma esquina, mas foi ainda na Florida que encontrei alguém: era um casal de amigos brasileiros em lua de mel. Os dois estavam felizes, alegres deles mesmos e de tudo o mais, falando do prazer das compras de lã e da carne soberba dos restaurantes. Estimei encontrá-los, e a felicidade do casal me fez bem, mas senti, com certa curiosidade, que no fundo de mim não havia a menor inveja. Ide-vos, noivos morenos, por Florida e Corrientes, ide-vos felizes por todos os caminhos da vida. Só vos invejarão os que também procuram ser felizes; minha longa tarefa é outra, é não ser infeliz e me proteger e guardar, ser forte dentro de mim, forte, quieto e sereno. Essa tarefa me distrai; e, vendo em vossos olhos a felicidade, eu descobri que em verdade já não a procuro mais. Já passei por esse caminho; sobre minha cabeça, quando ia por ele, mais de uma árvore deixou cair flores. Não choro esse tempo; simplesmente ele passou. Assim vai passando a multidão, e dentro dela caminho outra vez, lentamente, distraído e tranquilo como um boi.

O crime (de plágio) perfeito

Aconteceu em São Paulo, por volta de 1933, ou 4. Eu fazia crônicas diárias no *Diário de S. Paulo* e além disso era encarregado de reportagens e serviços de redação; ainda tinha uns bicos por fora. Fundou-se naquela ocasião um semanário humorístico, *O Interventor*, que depois haveria de se chamar *O Governador*. Seu dono era Laio Martins, excelente homem de cabelos brancos e sorriso claro, boêmio e muito amigo. Pediu-me colaboração; o que podia pagar era muito pouco, mas eu não queria faltar ao amigo. Escrevi algumas crônicas assinadas. Depois comecei a falhar muito, e como Laio reclamasse, inventei um pretexto para não escrever. Seu jornal era excessivamente político (perrepista, se bem me lembro) e eu não queria tomar partido na política paulista, mesmo porque tinha muitos amigos antiperrepistas. Laio não se conformou: "Então ponha um pseudônimo!"

Prometi de pedra e cal, mas não cumpri. Laio reclamou novamente, me deu um prazo certo para lhe entregar a crônica. No dia marcado eu estava atarefadíssimo, e quando veio o contínuo buscar a crônica para *O Interventor* eu cocei a cabeça – e tive uma ideia. Acabara de ler uma crônica de Carlos Drummond de Andrade no *Minas Gerais*, órgão oficial de Minas, com um pseudônimo – algo assim como Antônio João, ou João Antônio, ou Manuel Antônio, não me lembro mais; ponhamos Antônio João. Botei papel na máquina, copiei a crônica rapidamente e lasquei o mesmo pseudônimo.

Dias depois recebi o dinheiro da colaboração, juntamente com o pedido urgente de outra crônica e um recado entusiasmado do Laio: a primeira estava esplêndida!

Daí para a frente encarreguei um menino da portaria, que estava aprendendo a escrever a máquina, de bater a crônica de Drummond para mim; eu apenas revia, para substituir ou riscar alguma referência a qualquer coisa de Minas. Pregada a mentira e praticado o crime, o remédio é perseverar nesse rumo hediondo; se às vezes senti remorso, eu o afogava em chope no bar alemão ao lado, e o pagava (o chope) com o próprio dinheiro do vale do Antônio João.

O remorso não era, na verdade, muito: Carlos não sabia de nada, e o que eu fazia não era propriamente um plágio, porque nem usava matéria assinada por ele, nem punha o meu nome em trabalho dele. E Laio Martins sorria feliz, comentando com meu colega de redação: "O Rubem não quer assinar, mas que importa? Seu estilo é inconfundível!"

O estilo era inconfundível e o chope era bem tirado; mas você pode ter a certeza, Carlos Drummond de Andrade, que muitas vezes eu o bebi à sua saúde, ou melhor, à saúde do Antônio João, isto é, à nossa. Dos 25 mil-réis que Laio me pagava, eu dava 5 para o menino que batia à máquina; era muito dinheiro para um menino naquele tempo, e isso fazia o menino feliz. Enfim, lá em São Paulo, todos éramos felizes graças ao seu trabalho: Laio, o menino, os leitores e eu – e você em Minas não era infeliz.

Não creio que possa haver um crime mais perfeito.

Pensamentos em Itatiaia

Certamente ela desceu para este pomar, aventurou-se para junto da mata, ouviu cantar esses pássaros. E na varanda, de tarde, talvez tenha pensado em mim. De algum modo eu vivi aqui, eu existi um pouco nessas alturas há longos, longos anos.

Só as árvores mais antigas poderiam saber esse velho segredo triste, esse amor que se perdeu para sempre; este pensamento é tão pueril e romântico, essa coisa das árvores saberem coisas e se lembrarem das pobres coisas da gente!

Sinto-me só, triste, vazio, diante da lembrança desse amor antigo que em certo momento era tudo o que existia no mundo e que, entretanto, não existe mais, e é como se não tivesse existido, vive apenas na pueril, inexistente lembrança dessas velhas árvores, dessa água fria que desce da montanha cantando.

O rapaz moreno e magro que alguém um dia entreviu em meio a esses troncos é um triste senhor, agora real, vestido de preto, sentado aqui. A imaginar histórias tolas de velhas árvores que saberiam coisas, que sentiriam e guardariam pensamentos que alguém há muito tempo, há tanto tempo, teria pensado aqui. É um triste senhor gordo, triste como um pobre menino falando sozinho.

Há pensões finlandesas com vapores de sauna e banhos de córrego, e os hotéis tradicionais perdidos no bosque.

Vamos ver a cascata da Maromba, andamos para baixo e para cima, e depois passeio, solitário, num desses bosques junto de um hotel.

Ah! Creio divisar, entre os escuros troncos, ao fundo, um vulto gentil que logo se perde na espessura. Minha memória é arbitrária e ruim. Estremeço a uma lembrança tão viva, tão pungente, de algo que eu teria vivido neste lugar a que, entretanto, nunca vim.

Sento-me em um tronco, fico ali quieto, como alguém que acaba de ser ferido. O nome desse hotel de que eu jamais me lembraria, me restitui aquela cuja imagem há pouco acreditei ver. Daqui, talvez daquela pequena sala junto à entrada, há muitos e muitos anos, alguém me escreveu uma carta.

Não me lembro o que dizia; rasguei-a, depois de passar o dia inteiro na rua com esse papel no bolso, junto do coração, me queimando de ternura.

Aqui ela esteve, e estava triste. Por aquele caminho talvez tenha descido a cavalo, de manhã, os leves cabelos ao vento. Esta mesma luz do sol, coada por essas árvores, beijou-lhe as faces, na manhã de ar fino.

Mensagem que não foi mandada

Sei que no ano passado não respondi ao seu cartão de Natal, embora ele me tivesse comovido – nós estávamos tão longe! Durante o ano várias vezes pensei em lhe escrever; mas talvez eu fosse à Europa, e então seria melhor, quem sabe a gente poderia se ver.

Meses atrás alguém me falou de você; estava bela e triste em Paris, hesitava em casar com um americano... Casou-se? E onde passou o Natal? Imagino que outra vez no país do Báltico, numa velha fazenda, junto de seus filhos.

Saiba – isso não lhe fará mal – que há duas semanas, numa velha fazenda do Brasil, numa noite de Natal de muita chuva, houve um homem que acordou de madrugada pensando em você.

Sua beleza apenas não explica isso; nem essa graça frívola e melancólica; nem nossa amizade tão rápida, tão pouca. Entretanto, quando despertei por acaso, na madrugada, estava pensando em você, e gravemente, seriamente, com o sentimento de que era urgente que você estivesse tendo um feliz Natal. Lembra-se aquela tarde, no Coliseu? Escurecia, mas ainda havia luzes estranhas nas nuvens que pareciam pintadas por El Greco. E no imenso anfiteatro em ruínas acenderam-se pequenas chamas trêmulas, como no tempo dos imperadores. Estávamos quietos, ouvindo música; voltei-me lentamente; silenciosa, você chorava. Ficamos mais amigos; aquelas luzes, a música, a criança que naquele dia fazia anos e em quem você pensava, tudo isso reviveu um instante nesta última noite de Natal enquanto a chuva batia no telhado.

    Acordei; e, sem acender a luz, fiquei olhando a noite de chuva pela janela aberta; os grilos haviam se calado, havia apenas raros sapos coaxando na noite triste. Havia aquele cartão de Natal do ano passado que eu não respondi. E então eu senti que era preciso que você naquele instante, em algum país em que estivesse caindo muita neve, estivesse cálida e feliz, os olhos iluminados de uma alegria triste da infância. Onde? Não importava; ainda meio dormindo eu tinha a ilusão de que, pensando intensamente em você, eu estava, de algum modo, naquele momento, ajudando você; como se através das noites do mundo a ternura de um homem grisalho diante de uma janela escura pudesse atravessar mares e terras para abençoar a trêmula cabeça de alguém.

As pitangueiras d'antanho

Tem seus 23 anos, e eu a conheço desde os oito ou nove, sempre assim, meio gordinha, engraçada, de cabelos ruivos. Foi criada, a bem dizer, na areia do Arpoador; nasceu e viveu em uma daquelas ruas que vão de Copacabana a Ipanema, de praia a praia. A família mudou-se quando a casa foi comprada para a construção de um edifício.

Certa vez me contou:

— Em meu quarteirão não há uma só casa de meu tempo de menina. Se eu tivesse passado anos fora do Rio e voltasse agora, acho que não acertaria nem com a minha rua. Tudo acabou: as casas, os jardins, as árvores. É como se eu não tivesse tido infância...

Falta-lhe uma base física para a saudade. Tudo o que parecia eterno sumiu.

*

Outra senhora disse então que se lembrava muito de que, quando era menina, apanhava pitangas em Copacabana; depois, já moça, colhia pitangas na Barra da Tijuca; e hoje não há mais pitangas. Disse isso com uma certa animação, e depois ficou um instante com o ar meio triste – a melancolia de não ter mais pitangas, ou, quem sabe, a saudade daquela manhã em que foi com o namorado colher pitangas.

Também em minha infância há pitangueiras de praia. Não baixinhas, em moitas, como aquelas de Cabo Frio, que o vento não deixa crescer; mas altas; e suas copas se tocavam e faziam uma sombra varada por pequenos pontos de sol. O que foi dito em um soneto lido na adolescência (acho que o soneto é de B. Lopes) onde "o sol bordava a pino, sobre a areia, um crivo de ouro num cendal de prata", o que pode ser um tanto precioso mas é lindo, mesmo a gente não sabendo o que é cendal. Nesse soneto havia um bando alegre de gente moça – esqueci as palavras, mas me lembro que as moças colhiam pitangas e os rapazes, namoradas.

E lembrei-me de meu espanto de menino quando ouvi dizer que uma família conhecida nossa, de Cachoeiro, estava querendo vender a casa.

Vender a casa… Casa, para mim, era alguma coisa que fazia parte da própria família, algo que existia desde sempre e para sempre com a mesma família. Fiz uma pergunta ingênua e alguém respondeu: "É, eles vão vender a casa porque vão-se mudar para Minas."

Fiquei quieto, mas também não entendi. Como é que uma família que mora em uma casa, em uma rua, em uma cidade, pensava eu confusamente no íntimo, pode mudar para outra? Aquilo me parecia contra a ordem natural das coisas.

Também me lembro de achar estranho que casas pudessem ser alugadas. Mas também me lembro de que a primeira vez que tive notícia da existência de edifícios de apartamentos, com umas pessoas morando em cima das outras e sem precisar subir escada porque havia elevador, achei a ideia genial, e pensei comigo mesmo: "Eu vou querer morar no último andar." Mas pensei, confesso, sem nenhuma esperança, como quem pensa em fazer uma coisa que deve ser boa mas, com certeza, a gente mesmo não vai fazer, como, por exemplo, andar de balão. Como um menino pobre pensa em ser rei.

Pescaria de barco

Às 6 horas apontamos a proa para a ilha Rasa e às doze e meia já estávamos de volta. Foi uma pescaria curta e modesta, pois trouxemos apenas um dourado de 10 quilos que o patrão do barco fisgou, eu ajudei a tentear e Chico Brito puxou com o bicheiro.

Não o choreis. Era na verdade lindo, a correr e saltar na água azul, todo verde e dourado e azul; lutou pela vida, foi bravo e morreu. Não o choreis: era um belo animal cruel e, além disso, guloso. Quando foi aberto o seu bucho, havia dentro dele várias sardinhas e vários baiacus, todos abocanhados inteiros, alguns evidentemente há bem pouco tempo. Ele estava, portanto, de barriga cheia, e com uma grande parte da digestão por fazer; se engoliu nossa modesta sardinha não foi por fome e sim por mania predatória. Como somos democratas e defensores dos fracos e pequenos, choramos as sardinhas e baiacus. Quanto ao dourado o dividimos em postas e o almoçamos tranquilamente, ao som de um vinho branco Santa Rita, devidamente chileno. Após o que deitei-me, na minha branca e cearense rede, cuja varanda é bordada de leões, e cochilei cerca de meia hora, a sonhar vagamente com minha amada e com o mar.

Enfim, tudo isso são prazeres que um intelectual modesto pode usufruir em um país subdesenvolvido a esta altura do século, após 30 anos de labor relativamente honesto.

Nos prazeres referidos não vai incluída a amada, que, por desamante, antes seria motivo de melancolia; mas, se sua presença é esquiva, sua lembrança às vezes é doce, principalmente quando servida com peixe, vinho e rede.

    Como o leitor está vendo, ao fim de tudo isso deixei a rede e abri a máquina de escrever. Aqui estou. Que poderia contar além da minha pequena experiência pessoal do dia de hoje? Não sou homem de inventar coisas, mas de contá-las. Seria preciso talvez dar-lhes um sentido, mas não encontro nenhum.

    As coisas, em geral, não têm sentido algum.

As meninas

Foi há muito tempo, no Mediterrâneo ou numa praia qualquer perdida na imensidão do Brasil? Apenas sei que havia sol e alguns banhistas; e apareceram duas meninas de vestidos compridos – o de uma era verde, o da outra era azul. Essas meninas estavam um pouco longe de mim; vi que a princípio apenas brincavam na espuma; depois, erguendo os vestidos até os joelhos, avançaram um pouco mais. Com certeza uma onda imprevista as molhou; elas riam muito, e agora tomavam banho de mar assim vestidas, uma de azul, outra de verde. Uma devia ter 7 anos, outra 9 ou 10; não sei quem eram, se eram irmãs; de longe eu não as via bem. Eram apenas duas meninas vestidas de cores marinhas brincando no mar; e isso era alegre e tinha uma beleza ingênua e imprevista.

Por que ressuscita dentro de mim essa imagem, essa manhã? Foi um momento apenas. Havia muita luz, e um vento. Eu estava de pé na praia. Podia ser um momento feliz, e em si mesmo talvez fosse; e aquele singelo quadro de beleza me fez bem; mas uma fina, indefinível angústia me vem misturada com essa lembrança. O vestido verde, o vestido azul, as duas meninas rindo, saltando com seus vestidos colados ao corpo, brilhando ao sol; o vento...

Eu devia estar triste quando vi as meninas, mas deixei um pouco minha tristeza para mirar com um sorriso a sua graça e a sua felicidade. Senti talvez necessidade de mostrar a alguém – "veja, aquelas duas meninas…" Mostrar à toa; ou, quem sabe, para repartir aquele instante de beleza, como quem reparte um pão, ou um cacho de uvas em sinal de estima e de simplicidade; em sinal de comunhão; ou talvez para disfarçar minha silenciosa angústia.

    Não era uma angústia dolorosa; era leve, quase suave. Como se eu tivesse de repente o sentimento vivo de que aquele momento luminoso era precário e fugaz; a grossa tristeza da vida, com seu gosto de solidão, subiu um instante dentro de mim, para me lembrar que eu devia ser feliz naquele momento, pois aquele momento ia passar.

    Foi talvez para fixá-lo, de algum modo, que pedi a ajuda de uma pessoa amiga; ou talvez eu quisesse dizer alguma coisa a essa pessoa e apenas lhe soubesse dizer: "veja aquelas duas meninas…"

    E as meninas riam brincando no mar.

Despedida

 E no meio dessa confusão alguém partiu sem se despedir; foi triste. Se houvesse uma despedida talvez fosse mais triste, talvez tenha sido melhor assim, uma separação como às vezes acontece em um baile de carnaval – uma pessoa se perde da outra, procura-a por um instante e depois adere a qualquer cordão. É melhor para os amantes pensar que a última vez que se encontraram se amaram muito – e depois apenas aconteceu que não se encontraram mais. Eles não se despediram, a vida é que os despediu, cada um para seu lado – sem glória nem humilhação.
 Creio que será permitido guardar uma leve tristeza, e também uma lembrança boa; que não será proibido confessar que às vezes se tem saudades; nem será odioso dizer que a separação ao mesmo tempo nos traz um inexplicável sentimento de alívio, e de sossego; e um indefinível remorso; e um recôndito despeito.
 E que houve momentos perfeitos que passaram, mas não se perderam, porque ficaram em nossa vida; que a lembrança deles nos faz sentir maior a nossa solidão; mas que essa solidão ficou menos infeliz: que importa que uma estrela já esteja morta se ela ainda brilha no fundo de nossa noite e de nosso confuso sonho?
 Talvez não mereçamos imaginar que haverá outros verões; se eles vierem, nós os receberemos obedientes como

as cigarras e as paineiras – com flores e cantos. O inverno – te lembras – nos maltratou; não havia flores, não havia mar, e fomos sacudidos de um lado para outro como dois bonecos na mão de um titereteiro inábil.

Ah, talvez valesse a pena dizer que houve um telefonema que não pôde haver; entretanto, é possível que não adiantasse nada. Para que explicações? Esqueçamos as pequenas coisas mortificantes; o silêncio torna tudo menos penoso; lembremos apenas as coisas douradas e digamos apenas a pequena palavra: adeus.

A pequena palavra que se alonga como um canto de cigarra perdido numa tarde de domingo.

Amor e outros males

Uma delicada leitora me escreve: não gostou de uma crônica minha de outro dia, sobre dois amantes que se mataram. Pouca gente ou ninguém gostou dessa crônica; paciência. Mas o que a leitora estranha é que o cronista "qualifique o amor, o principal sentimento da humanidade, de *coisa tão incômoda*". E diz mais: "Não é possível que o senhor não ame, e que, amando, julgue um sentimento de tal grandeza *incômodo*".

Não, minha senhora, não amo ninguém; o coração está velho e cansado. Mas a lembrança que tenho de meu último amor, anos atrás, foi exatamente isso que me inspirou esse vulgar adjetivo – "incômodo". Na época eu usaria talvez adjetivo mais bonito, pois o amor, ainda que infeliz, era grande; mas é uma das tristes coisas desta vida sentir que um grande amor pode deixar apenas uma lembrança mesquinha; daquele ficou apenas esse adjetivo, que a aborreceu.

Não sei se vale a pena lhe contar que a minha amada era linda; não, não a descreverei, porque só de revê-la em pensamento alguma coisa dói dentro de mim. Era linda, inteligente, pura e sensível – e não me tinha, nem de longe, amor algum; apenas uma leve amizade, igual a muitas outras e inferior a várias.

A história acaba aqui; é, como vê, uma história terrivelmente sem graça, e que eu poderia ter contado em uma só frase. Mas o pior é que não foi curta. Durou, doeu – perdoe, minha delicada leitora – incomodou.

    Eu andava pela rua e a sua lembrança era alguma coisa encostada em minha cara, travesseiro no ar; era um terceiro braço que me faltava, e doía um pouco; era uma gravata que me enforcava devagar, suspensa de uma nuvem.

A senhora acharia exagerado se eu lhe dissesse que aquele amor era uma cruz que eu carregava o dia inteiro e à qual eu dormia pregado; então serei mais modesto e mais prosaico dizendo que era como um mau jeito no pescoço que de vez em quando doía como bursite. Eu já tive um mês de bursite, minha senhora; dói de se dar guinchos, de se ter vontade de saltar pela janela. Pois que venha outra bursite, mas não volte nunca um amor como aquele. Bursite é uma dor burra, que dói, dói, mesmo, e vai doendo; a dor do amor tem de repente uma doçura, um instante de sonho que mesmo sabendo que não se tem esperança alguma a gente fica sonhando, como um menino bobo que vai andando distraído e de repente dá uma topada numa pedra. E a angústia lenta de quem parece que está morrendo afogado no ar, e o humilde sentimento de ridículo e de impotência, e o desânimo que às vezes invade o corpo e a alma, e a "vontade de chorar e de morrer", de que fala o samba?

    Por favor, minha delicada leitora; se, pelo que escrevo, me tem alguma estima, por favor: me deseje uma boa bursite.

Aquele folheto perdido

Um tanto cansado das coisas de hoje, compro o *Jornal do Commercio* para me engolfar na leitura do jornal de um século atrás. Estamos a 30 de dezembro de 1865 e talvez esse mesmo Sudoeste espanque as espumas desse mesmo oceano verde-cinza. Onde estará a esta hora o pardo Januário? Ele fugiu há mais de três anos da casa do Comendador Barroso, que todavia não cessa de procurá-lo. Deve valer alguma coisa o pardo escravo, pois o comendador promete 300 mil-réis a quem o prender, e ameaça quem lhe tenha dado homizio e escapula. Esconde-te bem, pardo Januário!

Quem chegou foi o Braguinha, e chegou botando falação pelos jornais, o Braguinha da Fama do Café com Leite. Trouxe para vender novos aparelhos e máquinas, maravilhoso café, chá superior, belo chocolate, mas é desagradável o Braguinha ao chamar os fregueses e dizer: "Aqui se encontra tudo do bom e do melhor, contanto que tragam os cobrinhos porque vales não se recebem cá." E ainda nos diverte que "quanto aos afamados sorvetes de 320 réis, só haverão em noite de espetáculo, e isto quando não chover; e quem os quiser saborear nos camarotes deve prevenir com antecedência para não haver falta". Dá vontade de ir lá, bater à porta do Braguinha, e perguntar: "Hoje haverão sorvetes?"

O jornal reclama contra a demora na saída das mercadorias da Alfândega, que dá prejuízos ao Comércio, e diz candidamente: "estamos certos de que o governo não deixará de prestar a devida atenção". Pois sim, colega.

    Há outras notas – uma reunião de conservadores para estudar a resposta à Fala do Trono, o anúncio de um professor de caligrafia, "inventor da letra corrida comercial", leilão de bens incluindo dois escravos, um bote e um oratório de ouro e prata, o que tudo pode ser visto da casa do finado, na Praia Pequena –, mas triste, triste me parece este aviso:

    "Perdeu-se ou roubaram, na noite de 15 do corrente, a uma preta embriagada, uma trouxa de roupa suja, em que havia também uma panela de barro e um folheto."

    Penso nessa remota negra embriagada, nessa humilde trouxa de roupa suja, nessa panela de barro e nesse famoso folheto. Que dizia o folheto? Ah, negra cachaceira, que fizeste do folheto? Cem anos depois de tua bebedeira eu fico cismando nesse folheto; e olhando o mar e pensando na vida e na minha impossível amada, e na tristeza dos tempos que vão, imagino que talvez esse folheto trouxesse a palavra essencial; ali devia estar escrita a explicação das coisas, ali o consolo de nosso peito, ali a senha de nosso destino.

    Perdeu-se, perdeu-se para sempre o folheto escondido numa panela de barro dentro da trouxa de roupa suja, nas mãos de uma negra bêbada. Venta, Sudoeste frio, venta, acabrunha esse mar e este país tristonho, que se perdeu o folheto; e como encontrá-lo agora, cem anos depois, o folheto que seria a salvação do povo; que traria a última palavra de esperança, e se perdeu na noite?

Meu ideal seria escrever...

Meu ideal seria escrever uma história tão engraçada que aquela moça que está doente naquela casa cinzenta quando lesse minha história no jornal risse, risse tanto que chegasse a chorar e dissesse – "ai meu Deus, que história mais engraçada!" E então a contasse para a cozinheira e telefonasse para duas ou três amigas para contar a história; e todos a quem ela contasse rissem muito e ficassem alegremente espantados de vê-la tão alegre. Ah, que minha história fosse, como um raio de sol, irresistivelmente louro, quente, vivo, em sua vida de moça reclusa, enlutada, doente. Que ela mesma ficasse admirada ouvindo o próprio riso, e depois repetisse para si própria – "mas essa história é mesmo muito engraçada!"

Que um casal que estivesse em casa mal-humorado, o marido bastante aborrecido com a mulher, a mulher bastante irritada com o marido, que esse casal também fosse atingido pela minha história. O marido a leria e começaria a rir, o que aumentaria a irritação da mulher. Mas depois que esta, apesar de sua má vontade, tomasse conhecimento da história, ela também risse muito, e ficassem os dois rindo sem poder olhar um para o outro sem rir mais; e que um, ouvindo aquele riso do outro, se lembrasse do alegre tempo de namoro, e reencontrassem os dois a alegria perdida de estarem juntos.

Que nas cadeias, nos hospitais, em todas as salas de espera a minha história chegasse – e tão fascinante de graça, tão irresistível, tão colorida e tão pura que todos limpassem seu coração com lágrimas de alegria; que o comissário do distrito, depois de ler minha história, mandasse soltar aqueles bêbados e também aquelas pobres mulheres colhidas na calçada e lhes dissesse – "por favor, se comportem, que diabo! eu não gosto de prender ninguém!" E que assim todos tratassem melhor seus empregados, seus dependentes e seus semelhantes em alegre e espontânea homenagem à minha história.

 E que ela aos poucos se espalhasse pelo mundo e fosse contada de mil maneiras, e fosse atribuída a um persa, na Nigéria, a um australiano, em Dublin, a um japonês, em Chicago – mas que em todas as línguas ela guardasse a sua frescura, a sua pureza, o seu encanto surpreendente; e que no fundo de uma aldeia da China, um chinês muito pobre, muito sábio e muito velho dissesse: "Nunca ouvi uma história assim tão engraçada e tão boa em toda a minha vida; valeu a pena ter vivido até hoje para ouvi-la; essa história não pode ter sido inventada por nenhum homem, foi com certeza algum anjo tagarela que a contou aos ouvidos de um santo que dormia, e que ele pensou que já estivesse morto; sim, deve ser uma história do céu que se filtrou por acaso até nosso conhecimento; é divina".

 E quando todos me perguntassem – "mas de onde é que você tirou essa história?" – eu responderia que ela não é minha, que eu a ouvi por acaso na rua, de um desconhecido que a contava a outro desconhecido, e que por sinal começara a contar assim: "Ontem ouvi um sujeito contar uma história..."

E eu esconderia completamente a humilde verdade: que eu inventei toda a minha história em um só segundo, quando pensei na tristeza daquela moça que está doente, que sempre está doente e sempre está de luto e sozinha naquela pequena casa cinzenta de meu bairro.

Receita para mal de amor

Minha querida amiga:
Sim, é para você mesma que estou escrevendo – você que aquela noite disse que estava com vontade de me pedir conselhos, mas tinha vergonha e achava que não valia a pena, e acabou me formulando uma pergunta ingênua:
— Como é que a gente faz para esquecer uma pessoa?
E logo depois me pediu que não pensasse nisso e esquecesse a pergunta, dizendo que achava que tinha bebido um ou dois uísques a mais...
Sei como você está sofrendo, e prefiro lhe responder assim pelas páginas de uma revista – fazendo de conta que me dirijo a um destinatário suposto.
Destinatário, destinatária... Bonita palavra: não devia querer dizer apenas aquele ou aquela a quem se destina uma carta, devia querer dizer também a pessoa que é dona do destino da gente. Joana é minha destinatária. Meu destino está em suas mãos; a ela se destinam meus pensamentos, minhas lembranças, o que sinto e o que sou: todo este complexo mais ou menos melancólico e todavia tão veemente de coisas que eu nasci e me tornei.
Se me derem para encher uma fórmula impressa ou uma ficha de hotel eu poderei escrever assim: Procedência – Cachoeiro de Itapemirim; Destino – Joana. Pois é somente para ela que eu marcho. No táxi, no bonde, no avião, na rua, não

interessa a direção em que me movo, meu destino é Joana. Que importa saber que jamais chegarei ao meu destino? Isso eu gostaria de lhe dizer, minha amiga, com a autoridade triste do mais vivido e mais sofrido: amar é um ato de paciência e de humildade; é uma longa devoção. Você me responderá que não é nada disso; que você já chegou ao seu destinatário e foi devolvida como se fosse uma carta com o endereço errado. Que teve alguns dias, algumas horas de felicidade, e por isso agora sofre de maneira insuportável. Então lhe aconselho a comprar um canivete bem amolado e afinar dezoito pedacinhos de pau até ficarem bem pontudos, bem lisos, perfeitamente torneados – e depois deixá-los a um canto. Apanhar uma folha de papel tamanho ofício e enchê-la toda, todinha, de alto a baixo, com o nome de seu amado, escrevendo uma letra bem bonita, de preferência com tinta azul. Em seguida faça com essa folha um aviãozinho, e o jogue pela janela. Observe o voo e a aterrissagem. Depois desça, vá lá fora, apanhe o avião de papel, desdobre a folha novamente (pode passá-la a ferro, para o serviço ficar mais perfeito e não haver mais nenhum indício da construção aeronáutica) e volte a dobrá-la, desta vez ao meio. Dobre outras vezes, até obter o menor retângulo possível. Então, com o canivete, vá cortando as partes dobradas até transformar toda a folha em minúsculos papeizinhos, tão pequenos que o nome de seu amado não deve caber inteiro em nenhum deles. Aí, apanhe todos aqueles pauzinhos que tinha deixado a um canto e, com os pedacinhos de papel, faça uma fogueira com o máximo cuidado até que restem somente cinzas. A seguir poderá repetir a operação...

— Adianta alguma coisa?
Por favor, querida amiga, não me faça esta pergunta. Nada adianta coisa alguma, a não ser o tempo; e fazer fogueirinhas é um meio tão bom quanto qualquer outro de passar o tempo.

ÀS DUAS HORAS DA TARDE DE DOMINGO

No meio de muita aflição e tristeza houve um momento, lembras-te? Foi por acaso, foi de repente, foi roubado, e se alguém tivesse tido a mais leve suspeita então seria a ignomínia total. Mas houve um momento; e dentro desse momento houve silêncio e beleza.

Seria impossível descrever o ambiente, estranho a nós ambos; e não havia nem cantos de pássaro nem murmúrio de mar. Talvez um ruído de elevador, uma campainha tocando no interior de outro apartamento, o fragor de um bonde lá fora, sons de um rádio distante, vagas vozes – e, me lembro, havia um feixe de luz oblíquo dando no chão e na parte de baixo de uma porta, recordo vagamente a cor rósea da parede.

Serão lembranças verdadeiras? Como voltar àquele apartamento, reconstituir aquelas duas horas da tarde, lembrar a data, verificar a posição dos móveis e o ângulo de incidência do sol? Do chão ou da porta do banheiro – creio que do chão – ele iluminava teus olhos claros que me fitavam quietos. O edifício, eu sei qual é. Seria possível procurar aquele vago casal amigo que encontramos na praia aquele dia e perguntar qual o número do apartamento em que então moravam? Conseguiríamos licença do atual morador ou quem sabe penetraríamos sorrateiramente no apartamento, e então a mulher daquele vago casal nos diria aqui era o quarto, aqui o armário, a cama, além ficava o espelho...

Ah, haveria menos rumor na rua naquele tempo; menos automóveis estariam passando lá fora; mas certamente nas mesmas duas da tarde de domingo embora não haja mais bondes, haveria algum rádio ligado esperando o começo de algum jogo de futebol, e o sol entraria no mesmo ângulo pela mesma janela. Pesquisaríamos os móveis antigos, iríamos comprá-los onde estivessem hoje, decerto a antiga dona se lembra a quem os vendeu e como eram – não creio que ainda sejam seus. Lembro-me que eram móveis banais; nós os colocaríamos no mesmo lugar e disposição…

Houve um momento. Talvez a pintura da parede hoje seja diferente; creio que era rosa. Tua roupa de banho era preta, tinha alça, lembro as marcas das alças. Foi subitamente, havia várias pessoas juntas, faltou água na casa de alguém, telefonou-se para dizer que não esperassem para o almoço, houve desencontros na praia, apareceu o casal – e então, por milagre, tudo o que era contra nós, as circunstâncias, os olhares, os horários, os esquemas da vida civil, as famílias com seus rádios, suas feijoadas dominicais, os encontros de esquina, as conveniências e os medos, tudo o que nos separava subitamente falhou, o casal desculpou-se e partiu, iam almoçar com a mãe dela, a empregada sumiu, eu tinha saído e por acaso tive de voltar – na verdade eu não poderia reconstituir os detalhes tediosos e vulgares; a lembrança que ficou é de um momento em que boiamos no bojo de uma nuvem, longe da cidade e do mundo, e todos os ruídos se distanciaram e se apagaram, ainda estavas toda salgada do mar, teus olhos me miravam quietos, sérios, teus olhos sempre de menina, teus cabelos molhados, teu grande corpo de um dourado pálido.

Houve um momento, aquele momento em que a carne se faz alma; e depois, muito depois, me disseste a mesma coisa que eu sentira, aquele momento suspenso no ar como uma flor, o estranho silêncio, sim, te lembras! E depois as coisas banais em que a vida nos tornou, os caminhos complicados que cada um teve de fazer pela vida. Mas o pior não aconteceu. Nada, ninguém nos destruiu aquele momento, nem voz nem porta batendo, nem telefone; o momento foi acaso e loucura, mas dentro dele houve um instante de serenidade pura e infinita beleza.

Ah, não me podes responder. Falo sozinho. Estás longe demais; e talvez tivesses de olhar duas vezes para reconhecer neste homem de cabelos brancos e de cara marcada pela vida aquele que fui um dia, o que te fez sofrer, e sofreu; mas quero que saibas que te vejo apenas como eras naquele momento, teu corpo ainda molhado do mar às duas horas da tarde; e milhares, milhões de relógios eternamente trabalhando contra nós nos bolsos, nos pulsos, nas paredes, todos cessaram de se mover porque naquele momento eras bela e pura como uma deusa e eras minha eternamente; eternamente. Naquele edifício daquela rua, naquele apartamento, entre aquelas paredes e aquele feixe de sol, eternamente. Além das nuvens, além dos mares, eternamente, às duas horas da tarde de domingo, eternamente.

UMA CERTA AMERICANA

Muito me inibia o cortante nome de Hélice, minha ternura do Natal de 1944 durante a guerra, na Itália. Hélice era como ela pronunciava e queria que eu pronunciasse o seu nome de Alice. Como era enfermeira e tinha divisas de tenente eu às vezes a chamava de *lieutenant*, o que é muito normal na vida militar, mas impossível em momentos de maior aconchego.

Falei no Natal de 1944; foi para mim um Natal especialmente triste. É verdade que recebi notícia de que o "48th Evacuation Hospital" tinha avançado para perto de nosso acantonamento. A notícia me deixou sonhador; vejam o que é um homem que ama: eu repetia com delícia: "48th Evacuation Hospital"...

Evacuation é um nome bem pouco lírico para alguém de língua portuguesa, e nem "48th" nem "Hospital" parecem muito poéticos; mas era o hospital em que trabalhava Alice, e isso me alegrava. A alegria aumentou quando um correspondente de guerra americano, acho que o Bagley, me avisou de que haveria uma festa de Natal no 48, e eu estava convidado.

Era inverno duro, a guerra estava paralisada nas trincheiras e *foxholes*, caía neve aos montes. Cheguei da frente, tomei banho, fiz a barba, limpei as botas, meti o capote, subi em um jipe, lá fui eu. No bolso do capote, por que não confessar, ia uma garrafinha de um horrível conhaque de contrabando que eu arranjara em Pistoia. A festa era em uma grande barraca de lona armada um pouco distante das outras barracas que serviam de enfermarias. Naquela escuridão branca e fria da noite de neve, era um lugar quente, iluminado, com música, onde Alice me esperava…

Não, não me esperava. Teve um "oh" de surpresa quando me viu; e como abri os braços veio a mim abrindo também seus belos braços, gritando meu nome, e dizendo votos de Feliz Natal; como, porém, me demorei um pouco no abraço e lhe beijava a face e o lóbulo da orelha esquerda com certa ânsia, murmurou alguma coisa e se afastou com um ar de mistério, me chamando de *darling*, mas me empurrando suavemente.

Havia coisa. A coisa era um coronel cirurgião louro e calvo que logo depois saía da barraca. Alice saiu atrás dele, e eu atrás dela. O homem estava sentado em um caixote de munição vazio, no escuro, os cotovelos apoiados nos joelhos e as mãos na cara. Não me viu; fiquei atrás dele enquanto Alice insistia para que ele fosse para dentro, ali estava terrivelmente frio, a neve caía em sua careca – *don't be silly, darling*, repetia ela docemente; ele murmurou coisas que eu não entendia, ela insistia para que ele entrasse, *please*…

Enfim, havia um *lieutenantcolonel* no Natal de minha *lieutenant*. A certa altura ele foi chamado a uma enfermaria, para alguma providência urgente, e eu quis raptar Alice, mas para onde, naquele descampado de neve, sem condução? Nem ela queria ir, dizia que não podia deixar a festa; tivemos um *clinch* amoroso (o que chamamos pega em português) atrás de uma barraca de material, mas emergiram da escuridão dois feridos de guerra com seus roupões *bordeaux* deixando entrever ataduras; e Alice, que estava fraquejando, repeliu-me para reconduzir os feridos a seus leitos.

O "48th Evacuation Hospital" mudou de pouso novamente e só voltei a ter notícias dela em abril do ano seguinte, no fim da guerra: Alice casara-se com o doutor tenente-coronel, por sinal um dos mais conhecidos cirurgiões de New York, e, através de um capitão brasileiro que me conhecia, me mandara um bilhete circunspectamente carinhoso participando suas núpcias e me desejava as felicidades que eu merecia.

Não merecia, com certeza; não as tive. Também, para dizer a verdade, não cheguei a ficar infeliz; guerra é guerra; apenas guardei uma lembrança um pouco amarga daquele Natal distante. Santo Deus, mais de 20 anos! Feliz Natal onde estiveres, Hélice ingrata!

Marinheiro na rua

Era um marinheiro, um pequeno marinheiro com sua blusa de gola e seu gorro, na rua deserta que a madrugada já fazia lívida. Talvez não fosse tão pequeno, a solidão da rua é que o fazia menor entre os altos edifícios. Aproximou-se de uma grande porta e bateu com os nós dos dedos. Ninguém abriu. Depois de uma pausa, voltou a bater. Eu o olhava de longe e do alto, do fundo de uma janela escura, e ainda que voltasse a vista para mim ele não poderia me ver. Esperei que a grande porta se abrisse e ele entrasse; ele também esperava, imóvel. Quando bateu novamente, foi com um punho cerrado; depois com os dois – e com tanta força que o som chegava até mim. Chegava uma fração de segundo depois de seu gesto; assim na minha infância eu via as lavadeiras baterem roupa nas pedras do outro lado do rio, e só um instante depois ouvia o ruído.

Essa recordação da infância me fez subitamente suspeitar que o marinheiro fosse meu filho, e essa ideia me deu um pequeno choque. Se fosse meu filho eu não poderia estar ali, no escuro, assistindo impassível àquela cena. Eu deveria me reunir a ele, e bater também à grande porta; ou telefonar para que alguém lá dentro abrisse, ou chamar outras pessoas – a imprensa, deputados da oposição, bombeiros, o Pronto-Socorro, que sei eu.

Fosse o que fosse que houvesse lá dentro, princesa adormecida ou um animal ganindo em agonia, seria urgente abrir. Caso necessário eu telefonaria para o Presidente da República e para o Cardeal e faria divulgar um apelo pelo rádio: quem dispusesse de um aríete deveria trazê-lo imediatamente, e estou seguro de que os atletas do Flamengo não se negariam a cooperar; aliás eu aceitaria a ajuda de homens de bem de outros clubes, notadamente do Botafogo, pois naquele momento não deveria haver distinção entre brasileiros.

Essas ideias risíveis me passaram pela cabeça com uma grande rapidez, pois quase imediatamente depois de pensar que o marinheiro poderia ser meu filho, me veio a suspeita de que era eu mesmo; talvez lá dentro, no bojo do imenso prédio, estivesse estirada numa rede, meio inconsciente, minha impassível amada, talvez doente, talvez sonhando um sonho triste, e eu precisaria estar a seu lado, segurar sua mão, dizer uma palavra de tão profunda ternura que a fizesse sorrir e a pudesse salvar.

Cansado de bater inutilmente, o marinheiro recuou vários passos e ergueu os olhos para a porta e para a fachada do edifício, como alguém que encara outra pessoa pedindo explicações. Ficou ali, perplexo e patético, e assim olhando para o alto, me parecia ainda menor sob seu gorro, onde deveria estar escrito o nome de um desconhecido navio. Olhava. A fachada negra permaneceu imóvel perante seu olhar, fechada, indiferente. Caía uma chuva fina, na antemanhã filtrava-se uma débil luz pálida.

Vai-te embora, marinheiro! Onde estão teus amigos, teus companheiros? Talvez do outro lado da cidade, bebendo vinho grosso em ambiente de luz amarela, entre mulheres ruivas, cantando… Vai-te embora, marinheiro! Teu navio está longe, de luzes acesas, arfando ao embalo da maré; teu navio te espera, pequeno marinheiro...

Quando ele seguiu lentamente pela calçada, fiquei a olhá-lo de minha janela escura, até perdê-lo de vista. A rua sem ele ficou tão vazia que de súbito me veio a impressão de que todos os habitantes haviam abandonado a cidade e eu ficara sozinho, numa absurda e desconhecida sala de escritório do centro, sem luz, sem saber por que estava ali, nem o que fazer.

Sentia, entretanto, que estava prestes a acontecer alguma coisa. Olhei a fachada escura do prédio em que ele tentara entrar. Olhei... Então lá dentro todas as luzes se acenderam, e o edifício ficou maior que todos na rua escura; sua fachada oscilou um pouco; alguma coisa rangeu, houve rumores vagos, e o prédio começou a se mover pesadamente como um grande navio negro – e, lentamente, partiu.

Mas suas luzes estavam acesas; e eu senti confusamente que, estirada em sua rede, minha triste amada receberia bem cedo a brisa do mar, e despertaria, e se sentiria feliz em viajar para muito, muito longe, feliz, sem pensar em mim, sem precisar de mim.

A moça chamada Pierina

"Pierina existiu mesmo?" Uma leitora de S. Paulo me faz essa pergunta; e eu lhe digo que se trata de uma pergunta comovente – e comprometedora. Comprometedora para a idade de quem a faz: não pode ser uma senhora muito moça quem revela ter conhecido uma pessoa que existiu há tanto tempo – e de quem, depois, ninguém mais se lembrou, nem falou. Comovente para mim, que alguém se lembre de Pierina.

Foi lá por 1934. Cheguei a São Paulo, onde não conhecia ninguém, e comecei a fazer uma crônica no *Diário de S. Paulo*. Volta e meia eu citava ali uma certa Pierina, jovem amada minha. Às vezes, quando eu dava minha opinião sobre alguma coisa, dava também a de Pierina, em geral diversa e surpreendente. Creio que jamais lhe descrevi o tipo, embora fizesse às vezes alusão a seus cabelos, sua boca, sua cintura, etc. Não cheguei assim, nem era minha intenção, a criar uma personagem; Pierina aparecia uma vez ou outra em uma crônica para animá-la e dar-lhe graça. Sentia-se apenas que era muito jovem, filha de pai italiano bigodudo e mãe gorda e severa.

Sim, amável leitora, Pierina existiu. Chamava-se Pierina mesmo, pois escreveu esse nome em grandes letras, que me mostrou de sua janela de sobrado para a minha janela em um terceiro ou quarto andar de um hotelzinho que havia ali perto da ladeira da Memória. Sua família não tinha telefone. A gente se correspondia por meio de sinais e gestos, de janela a janela. De vez em quando eu lhe jogava alguma coisa – flores ou fruta – mas quase nunca acertava o alvo.

Mandei-lhe uma vez um recado escrito em um aeroplano de papel que, depois de várias voltas, embicou em direção à sua janela e lhe foi bater de encontro aos seios. Foi um êxito tão grande da aeronáutica internacional quanto o do foguete que chegou à Lua muitos anos depois. Sou, na verdade, um precursor sentimental dos mísseis teleguiados; e os seios de Pierina eram para mim remotos e divinos como a Lua.

E pouco mais houve, ou nada. Eu pouco parava em casa, pois trabalhava à tarde e à noite; gastava as madrugadas nos bares, ou locais ainda menos recomendáveis; eu era um rapaz solteiro de vinte e um anos e tinha um namoro muito mais positivo que esse de Pierina com uma jovem alemã de costumes muito menos austeros que os seus.

Depois fui para o Rio, do Rio para o Recife, e até hoje ando "pela aí", como diz a nossa boa Aracy de Almeida. Pierina entrou por uma crônica, saiu pela outra, acabou-se a história.

Tivemos um só encontro marcado junto à fonte da Memória; quando eu descia as escadas ela saiu a correr. Depois me disse por sinais (fazia-se grandes bigodes e beijava a própria mão) que naquele instante tinha aparecido seu pai. Talvez fosse mentira.

Creio que ela nunca soube que foi minha personagem, pois não sabia sequer que eu era jornalista; perguntou-me uma vez, por meio de gestos, se eu era estudante, e lhe respondi que sim; mas todas essas novas "conversas" foram mais raras e espaçadas do que parecem, contadas assim.

Sim, minha leitora, Pierina existiu. Era linda, viva, ágil, engraçada e devia ter uns dezesseis ou dezessete anos. Hoje terá, implacavelmente, quarenta e quatro ou quarenta e cinco, talvez leia esta crônica e se lembre de um rapaz que uma vez lhe jogou de uma janela um avião de papel onde estava escrito "meu amor" ou coisa parecida; talvez não.

O DESAPARECIDO

Tarde fria, e então eu me sinto um daqueles velhos poetas de antigamente que sentiam frio na alma quando a tarde estava fria, e então eu sinto uma saudade muito grande, uma saudade de noivo, e penso em ti devagar, bem devagar, com um bem-querer tão certo e limpo, tão fundo e bom que parece que estou te embalando dentro de mim.

Ah, que vontade de escrever bobagens bem meigas, bobagens para todo mundo me achar ridículo e talvez alguém pensar que na verdade estou aproveitando uma crônica muito antiga num dia sem assunto, uma crônica de rapaz; e, entretanto, eu hoje não me sinto rapaz, apenas um menino, com o amor teimoso de um menino, o amor burro e comprido de um menino lírico. Olho-me ao espelho e percebo que estou envelhecendo rápida e definitivamente; com esses cabelos brancos parece que não vou morrer, apenas minha imagem vai-se apagando, vou ficando menos nítido, estou parecendo um desses clichês sempre feitos com fotografias antigas que os jornais publicam de um desaparecido que a família procura em vão.

Sim, eu sou um desaparecido cuja esmaecida, inútil foto se publica num canto de uma página interior de jornal, eu sou o irreconhecível, irrecuperável desaparecido que não aparecerá mais nunca, mas só tu sabes que em alguma distante esquina de uma não lembrada cidade estará de pé um homem perplexo, pensando em ti, pensando teimosamente, docemente em ti, meu amor.

Os icebergs

Eu só sentia, mas sentia intensamente uma tristeza: era você não estar ali; quanto mais eu via e achava lindo mais doía você estar tão longe de Copacabana naquele momento imortal. Os *icebergs* passavam; uns grandes, outros pequenos, um deles imenso, eles passavam na água azul, brilhando ao sol, ao largo de Copacabana, vindos do Sul. Que festa! O domingo pleno cintilava de cores; todos riam; moças lindas, seminuas, gritavam de puro prazer saudando os *icebergs*. Um deles então pareceu tomar o rumo da terra; sim, ele vinha virado, cada vez maior, belo, brilhante, ele vinha vindo para a praia, e nós aplaudíamos o seu gesto de cortesia internacional – viva o Brasil! Veio até bem perto para se deixar ver, movia-se imponente, lentamente, fez uma curva graciosa, inclinou-se de leve, imenso, translúcido, como a nos cumprimentar, e foi em demanda dos outros. Por um instante prendemos a respiração; depois todos gritamos: viva! viva! – todos ao longo de toda a praia, vestidos de mil cores, todos gritamos – viva! E nossa alegria era tanta, e se juntava tanta alegria com alegria, que nasceu um arco-íris sobre o mar; foi um delírio! Mas dentro de mim doía agudamente você não estar, você que merecia tanto ver, merecia tanto!

Então alguém disse que logicamente os *icebergs* tinham vindo da região antártica, esse "logicamente" obscureceu as coisas e nos deprimiu; ficamos todos contrafeitos, tristes demais para protestar, e então – me veio de súbito uma velha obsessão de infância, um desgosto de alma, me lembro tanto, eu era quase um menino, alguém me propôs uma charada novíssima, era assim: "grita pelo fato de ser possuidor de cerveja, duas e duas", a solução era "brama por ter", Brahma Porter; foi naturalmente a palavra "antártica" a culpada dessa lembrança antipática; ah, como odiei o homem que me propôs aquela charada e ficou todo vaidoso, se achando muito inteligente pela charada que tinha feito, era seu grande feito na vida, a todos a vida inteira propôs aquela charada, a sua obra-prima, o imbecil, hoje morto. Com a minha raiva retrospectiva é claro que não havia mais nenhum *iceberg*, o mar estava pálido e chato, escurecendo, e as pessoas se retiravam, dizendo cada uma – "tenho muito que fazer".

Era tão desagradável que achei excelente você não estar, suspirei, pensando: "ainda bem". E então você me sorriu, você estava agora perto de mim, tão linda, a compreender tudo, e me agradecia tanto bem-querer.

O rei secreto de França

Em Paris há coisas que não se entende bem, pois houve reis, imperadores e revoluções, de maneira que acontece, por exemplo, que no túmulo de Maria Antonieta não tem Maria Antonieta.

— Mas este é o verdadeiro túmulo de Maria Antonieta – dizia um velho guarda. – Acontece que logo depois de executada ela foi enterrada em certo lugar; mais tarde retiraram seu corpo e lhe deram sepultura de honra, mas depois as coisas viraram, de maneira que…

Mas o homem estava distraído, olhava o relógio, não ouvia o que lhe dizia o velho guarda. Era primavera em Paris, era primavera no mundo, era primavera na vida. E havia ali perto uma pequena rua tranquila com um velho casarão discreto onde chegaria alguém dentro de meia hora – meia hora ainda! O homem suspirava olhando o relógio, contemplando vagamente o túmulo, ouvindo silvos de trens para os lados da gare de Lyon e vagos pios de pássaros nas árvores; o guarda se calara. Muito bem, reis mortos, reis postos, os franceses outrora matavam rainhas, tinham reis chamados luíses numerados, e rainhas e cortesãs, frases de espírito, revoluções, *finesse* e tudo isso lenta, lentamente foi permitindo a formação de criaturas como aquela velha *concierge* de cabelos brancos e gargantilha alta, solene como uma imperatriz, que já conhecia o casal de amantes e dizia:

— O 14, não é verdade? Vou ver se está livre o 14...

Era um apartamento imenso, com um banheiro imenso, com uma banheira imensa, um leito imenso; era um apartamento de frente na ruazinha quieta, e pelas cortinas se infiltrava uma pálida luz.

— O senhor não deseja ver a cripta onde estiveram os ossos?

Teria sido realmente bonita Maria Antonieta? De qualquer modo foi uma judiação matarem a moça; mas também se os franceses não fizessem a Revolução Francesa, quem iria fazer? Os portugueses? *Jamais, jamais de la vie.* O homem sentia-se meio tonto com os conhaques que tomara fazendo hora para o encontro da "Maison de Famille", que era o que estava escrito no casarão do encontro.

Que estivesse livre o 14! Pensava aflitamente nisso, mas sua secreta aflição era outra em que não ousava pensar, era ver repetir-se o milagre daquela aparição – bom dia, esperou muito? – a mais fina e bela mulher da França saltaria de um velho táxi escuro com seu vestido leve, primaveril, sua pele macia, seu gosto de romã de vez, os olhos verdes – ah, foi preciso muito luxo, como esse de matar rainhas, para se produzir uma graça tão alta – e esse milagre extraordinário, essa fantasia de vir ao seu encontro, e ele então se sentia o rei secreto da França – não é verdade que uma vez, ao entrarem em uma ponte, em um carro puxado a cavalo, a mão da brisa jogara sobre suas cabeças, de um ramo alto, uma chuva de flores? Rei coroado; mas na França, país perigoso, França, aqui se matam reis.

De súbito viu que era tarde, deu um dinheiro ao guarda, desceu escadas, quase correu pela rua, chegou, então viu que ainda era cedo; suspirou. E se ela não viesse, não pudesse vir ou não quisesse vir, que fazer com aquela rua quieta e aquele céu azul e aquela brisa mansa, e aquele corpo e aquela alma trêmula? – tomou mais dois conhaques, sua mão trêmula suava, entretanto era homem, não era um adolescente, era rei. E quando ela chegou e disse que aquele encontro era uma despedida, que devia partir para remotas suécias, talvez nunca mais se vissem e ao sair disse: Meu Deus, preciso falar ao telefone: e então quando ela se afastou e ele entregou a chave do 14 à velha *concierge*, e lhe pagou em dobro o apartamento, já que era a última vez, a última vez!

— Senhor – disse dignamente a dignitária de altas gargantilhas agradecendo – eu lhe digo, senhor, não sei vosso nome nem quem sois, mas eu lhe digo – tenho mais de 70 anos e tenho visto muita coisa: nunca, por nada, perca essa mulher: é a mais linda da França e do mundo, o senhor tem sorte, senhor, roube, faça tudo, mas não a perca nunca, nunca.

Quando ela saiu da cabine de telefone o táxi estava na porta, e foi apenas o tempo de lhe beijar a mão – mal se olharam – ela entrou no feio carro alto e escuro – tinha tanta pressa e chorava, a futura Rainha da Suécia, das inacessíveis, distantes, insuportáveis suécias e noruegas do nunca mais nunca mais!

O BOI VELHO

Uma das coisas mais ingênuas e comoventes da vida do Barão do Rio Branco era o seu sonho de fazendeiro. Homem nascido e vivido em cidade, traça de bibliotecas, urbano até a medula, cada vez que uma coisa o aborrecia em meio às suas batalhas diplomáticas, seu desabafo era o mesmo, em carta a algum amigo: "Penso em largar tudo, ir para São Paulo, comprar uma fazenda de café, me meter lá para o resto da vida..."

Nunca foi, naturalmente; mas viveu muito à custa desse sonho infantil, que era um consolo permanente.

Porque não confessar que agora mesmo, neste último carnaval, visitando a fazenda de um amigo, eu, pela décima vez, também não me deixei sonhar o mesmo sonho? Com fazenda não, isso não sonhei; os pobres têm o sonho curto; sonhei com o mesmo que sonham todos os oficiais administrativos, todos os pilotos da aviação comercial, todos os desenhistas de publicidade, todos os bichos urbanos mais ou menos pobres, mais ou menos remediados: pegar um dinheirinho, comprar um sítio jeitoso, ir melhorando a casa e a lavoura, vai ver que no primeiro ano dava para se pagar, depois, quem sabe daria uma renda modesta, mas suficiente para uma pessoa viver sossegada; com o tempo comprar, talvez, mais uns alqueires...

Meu pai foi durante algum tempo sitiante, minha mãe era filha de fazendeiro, meus tios eram todos da lavoura... Mas que brasileiro não é mais ou menos assim, não guarda alguma coisa da roça e não tem a melancólica fantasia, de vez em quando, de voltar?

Aqui estou eu, falso fazendeiro, montado no meu cavalo, a olhar minhas terras. Chego até o curral, um camarada está ordenhando as vacas. Suas mãos hábeis fazem cruzar-se dois jatos finos de leite que se perdem na espuma alva do balde. Parece tão fácil, sei que não é. Deixo-me ficar entre os mugidos e o cheiro de estrume, assisto à primeira aula de um boizinho que estão experimentando para ver se é bom para carro. Seu professor não é o carreiro que vai tocando as juntas nem o pretinho candeeiro que vai na frente com a vara: é um outro boi, da guia, que suporta com paciência suas más-criações, obriga-o a levantar-se quando se deita de pirraça, arrasta-o quando é preciso, não deixa que ele desgarre, ensina-lhe ordem e paciência.

No coice há um boi amarelo que me parece mais bonito que os outros. O carreiro explica que aquele é seu melhor boi-de-carro, mas tem inimizade àquele zebu branco vindo de Montes Claros, seu companheiro de canga; implica aliás com todos esses bois brancos vindos de Montes Claros. O caboclo sabe o nome, o sestro, as simpatias e os problemas de cada boi, sabe agradar a cada um com uma palavra especial de carinho, sabe ameaçar um teimoso – "Mando te vender para o corte, desgraçado!" – com seriedade e segurança.

Ah, não dou para fazendeiro; sinto-me um boi velho, qualquer dia um novo diretor de revista acha que já vou arrastando devagar demais o carro de boi de minha crônica, imagina se minhas arrobas já não valem mais que meu serviço, manda-me vender para o corte…

Monos olhando o Rio

Como é que foi feito o mundo, por que é que aqui tem este bicho e ali não tem? Olhem que já não pergunto por que não há girafas no Piauí nem hipopótamos no Acre. Não há, acabou-se. Mas o pequeno mistério do mono é que me fascina. Na linguagem comum "mono" pode ser qualquer macaco, mas no interior do Brasil, onde as pessoas falam certo, assim se chama apenas um certo macaco, cujo cartão de visitas em latim é *Eriodes arachnoides*. É exatamente o maior macaco do Brasil, país, como se sabe, de grande macacada; como nas Américas não temos gorilas, o rei da macacada é o nosso prezado mono, com seus setenta centímetros de corpo e mais setenta de cauda. É fácil de distinguir – ensina Rodolpho von Ihering –, pelo seu polegar atrofiado, um simples coto sem unha. Goeldi (não o nosso querido gravador, mas o pai dele) diz que a gente encostando o dedo na extremidade da cauda de um mono morto de fresco, ele (o mono) agarra o dedo da gente. Nunca brinquei com mono morto para conferir.

Para ser entendido pelos caçadores direi que o mono também é conhecido por "buriqui" ou "muriquina", e seu pelo é um amarelo desbotado. Sei que há monos no estado do Rio, em Minas, em S. Paulo, até onde ele existe no Sul não sei. Mas para o Norte o mono tem uma divisa, e é isso que me invoca e fascina: ele só vai até o Rio Doce, um rio que nasce em Minas e atravessa o Espírito Santo. Quem me contou isso foi um caçador da terra, o Luís Alves, de Cachoeiro, que hoje mora em Vitória. Depois perguntei a muitos caboclos da beira do Rio Doce e todos confirmaram: "Naquele lado tem muito mono, neste não é capaz."

Ora, uma noite destas eu estava sozinho em minha casa, e contrariado com umas histórias de mulher; me deu insônia. De repente, não sei por que, comecei a pensar no mono, e mais tarde, quando dormi, o mono entrou pelo meu sonho; acordei logo, com o mono na cabeça. Quanta angústia não passaram os monos quando começaram a ser derrubadas as matas de S. Paulo, do estado do Rio, do Espírito Santo! Assustados pelos caçadores e tangidos pela falta de comida, eles foram emigrando para o Norte e com certeza subiram muita serra e passaram muito rio com o rabo agarrado a uma ponta de cipó.

Mas quando chegaram ao Rio Doce, pararam. Ali no Espírito Santo o rio tem centenas de metros de largura. A derrubada e os incêndios começaram do lado de cá, na margem sul. Imagino os olhos tristes dos grandes monos olhando, dos altos galhos da floresta, a grande massa líquida – e, do outro lado, a Floresta Proibida, ou a Terra Prometida dos Monos Perseguidos.

Hoje há pontes sobre o grande rio; mas onde há essas pontes – em Colatina e em Linhares – o mono não ousa passar porque ali enxameiam esses estranhos monos sem cauda, os homens, bichos cruéis que matam outros bichos só pelo prazer de matar.

Devo fazer um apelo patético pela salvação dos monos do Brasil? Não, ele não seria ouvido. Mas me deixem a liberdade de ter pena desses nossos tristes irmãos peludos e condenados. Levá-los para o outro lado do Rio Doce já pouco adiantaria, que o machado e o fogo já passaram em sua frente. Talvez pudéssemos levar um casal de monos para a Amazônia...

Mas seria preciso que nós, os homens, fôssemos, pelo menos, humanos.

Apareceu um canário

Mulher, às vezes aparece alguma; vêm por desfastio ou imaginação, essas voluntárias; não voltam muitas vezes. Assusta-as, talvez, o ar tranquilo com que as recebo, e a modéstia da casa. Passarinho, desisti de ter. É verdade, eu havia desistido de ter passarinhos; distribuí-os pelos amigos; o último a partir foi o corrupião "Pirapora", hoje em casa do escultor Pedrosa. Continuo a jogar, no telhado de minha água-furtada, pedaços de miolo de pão. Isso atrai os pardais; não gosto especialmente de pardais, mas também não gosto de miolo de pão. Uma vez ou outra aparecem alguns tico-ticos; nas tardes quentes, quando ameaça chuva, há um cruzar de andorinhas no ar, em voos rasantes sobre o telhado do vizinho. Vem também, às vezes, um casal de sanhaços; ainda esta manhã, às 5h15, ouvi canto de sanhaço lá fora; frequentam ou uma certa antena de televisão (sempre a mesma) ou o pinheiro-do-paraná que sobe, vertical, até minha varanda. Fora disso, há, como em toda parte, bem-te-vis; passam gaivotas, mais raramente urubus. Quando me lembro, mando a empregada comprar quirera de milho para as rolinhas andejas.

Mas a verdade é que um homem, para ser solteiro, não deve ter nem passarinho em casa; o melhor de ser solteiro é ter sossego quando se viaja; viajar pensando que ninguém vai enganar a gente nem também sofrer por causa da gente; viajar com o corpo e a alma, o coração tranquilo.

Pois nesse dia eu ia mesmo viajar para Belo Horizonte; tinha acabado de arrumar a mala, estava assobiando distraído, vi um passarinho pousar no telhado. Pela cor não podia ser nenhum freguês habitual; fui devagarinho espiar. Era um canário; não um desses canarinhos-da-terra que uma vez ou outra ainda aparece um, muito raro, extraviado, mas um canário estrangeiro, um *roller*, desses nascidos e criados em gaiola. Senti meu coração bater quase com tanta força como se me tivesse aparecido uma dama loura no telhado. Chamei a empregada: "Vá depressa comprar uma gaiola, e alpiste…"

Quando a empregada voltou, o canarinho já estava dentro da sala; ele e eu, com janelas e portas fechadas. Se quiserem que explique o que fiz para que ele entrasse eu não saberei. Joguei pedacinhos de miolo de pão na varanda; assobiei para dentro; aproximei-me do telhado bem devagarinho, longe do ponto em que ele estava, murmurei muito baixo: "Entra, canarinho…" Pus um pires com água ali perto. Que foi que o atraiu? Sei apenas que ele entrou; suponho que tenha ficado impressionado com meus bons modos e com a doçura de meu olhar.

Dentro da sala fechada (fazia calor, estava chegando a hora de eu ir para o aeroporto) ficamos esperando a empregada com a gaiola e o alpiste. O que fiz para que ele entrasse na gaiola também não sei; andou pousado na cabeça de Baby, a finlandesa (terracota de Ceschiatti); fiquei completamente imóvel, imaginando – quem sabe, a esta hora, em Paris ou onde andar, a linda Baby é capaz de ter tido uma ideia engraçada, por exemplo: "Se um passarinho pousasse em minha cabeça…"

Depois desceu para a estante, voou para cima do bar. Consegui colocar a gaiola (com a portinha aberta, presa por um barbante) bem perto dele, sem que ele o notasse; andei de quatro, rastejei, estalei os dedos, assobiei – venci. Quando telefonei para o táxi ele já tinha bebido água e comido alpiste, e estava tomando banho. Dias depois, quando voltei de Minas, ele estava cantando que era uma beleza.

Está cantando, neste momento. Por um anel de chumbo que tem preso à pata já o identifiquei, telefonando para a Associação dos Criadores de *Rollers*; nasceu em 1959 e seu dono mudou-se para Brasília. Naturalmente deixou-o de presente para algum amigo, que não soube tomar conta dele. (Seria o milionário assassinado da Toneleros? Um dos assaltantes carregou dois canários e depois os soltou, com medo.)

Está cantando agora mesmo; como canta macio, melodioso, variado, bonito... Agora para de cantar e fica batendo as asas de um modo um pouco estranho. Telefono para um amigo que já criou *rollers*, pergunto o que isso quer dizer. "Ele está querendo casar, homem: é a primavera..."

Casar! O verbo me espanta. Tão gracioso, tão pequenininho, e já com essas ideias!

Abano a cabeça com melancolia; acho que vou dar esse passarinho à minha irmã, de presente. É pena, eu já estava começando a gostar dele; mas quero manter nesta casa um ambiente solteiro e austero; e se for abrir exceção para uma canarinha estarei criando um precedente perigoso. Com essas coisas não se brinca. Adeus, canarinho.

Carta de Guia de Casados

Queixei-me outro dia de não ter lido nunca inteira a *Carta de Guia de Casados*, de Francisco Manuel de Melo, autor da minha maior afeição. Pois um leitor generoso tinha o livro e dele me fez presente. Cuidou talvez que eu estivesse para casar e dele carecesse com pressa. Não é o caso, mas muito obrigado. Já não me caso mais, e nisso imito, ainda que tarde e mal, Dom Francisco, pois este não se casou nunca.

O livro é um livro austero, mas tem sua graça; a sabedoria do mestre era temperada de sal; ele não a teve apenas da lição dos clássicos, mas muito de sua própria vida, que foi rica de contrastes, pois andou em guerras, desterros, cadeias e embaixadas. Edgar Prestage diz que Dom Manuel "sabia comandar uma esquadra no mar ou um baile na Corte, argumentar sobre um ponto de um baile na Corte, argumentar sobre um ponto de teologia, ditar uma balada, explicar a derivação de uma palavra, compor música para uma ópera e penetrar os mistérios da Cabala". Sabia muito; e o que mais sabia era escrever; ninguém o fazia melhor em português no século XVII; e ainda por cima é um grande clássico espanhol.

A Carta é endereçada a um "Senhor N.", que se casava e lhe pedia conselhos. De conselhos ele diz: "Esta é uma das coisas que eu cuido que falta mais quem a peça, que quem as dê. Pois certo que aquele que deseja bons conselhos já parece que deles não necessita; porque é também grande prudência pedir conselhos, que o homem que o sabe pedir crerei que nenhum lhe fará falta." Uma coisa que ele aconselha ao marido cuja esposa se mostra demasiado agarrada aos pais e irmãos é "namorar a mulher". E ensina: "O vestido quando se não pede, o brinco que se não espera, a saída em que se não cuida, um não sair de casa uma tarde, um recolher mais cedo uma noite (e, se disser um levantar mais tarde uma manhã, não mentirei)…"

Mas não pensem que Dom Manuel era todo bonzinho; ele discorre longamente pelos "vários gêneros de ruins qualidades que acontece haver nelas" (as mulheres), e os remédios que há, quando há.

A quem tem mulher brava, ele aconselha a se apartar das cortes e grandes lugares, pois "quem grita no despovoado é menos ouvido". Desconfia da mulher muito bonita; e diz da feia que "é pena ordinária, porém que muitas vezes ao dia se pode aliviar, tantas quantas seu marido sair de sua presença. Considere que mais vale viver seguro no coração que contente nos olhos; e desta segurança viva contente."

Fala da mulher néscia ("coisa é pesada, mas não insofrível"), da doente, da impertinente, da ciumenta, da gastadora, da teimosa, da leviana ("este é o último de seus males"). Dá conselhos sobre criadas e pajens. Da mulher engraçada, que sabe cantar ou dançar, diz que essas prendas devem ser usadas em casa. Adverte contra o luxo e os perfumes, as amigas e comadres, os frades e as freiras; dá regulamento até para a prática (a conversa) da mulher casada, e não lhe parece bom que ela fale muito mal ou muito bem de outro homem. Não aprova nem mesmo cachorrinhos enfeitados, nem macacos, nem saguis. Nem mesmo um rouxinol. "Rouxinol de todo o ano, que canta de noite e dizem logo que faz saudades, de que serve? De que servem saudades estando o marido em casa?"

Também é contra negrinhos e negrinhas e livros de cavalaria; Dom Francisco não é brincadeira. Mas uma sua implicância principal é com mulher letrada; e como já vai grande a crônica vou acabar aqui com um caso contado por ele:

"Confessava-se uma mulher honrada a um frade velho e rabugento; e como começasse a dizer em latim a confissão, perguntou-lhe o confessor: Sabeis latim? Disse-lhe: Padre, criei-me em mosteiro. Tornou-lhe a perguntar: Que estado tendes? Respondeu-lhe: Casada. A que tornou: Onde está vosso marido? Na Índia, meu Padre (disse ela). Então com agudeza repetiu o velho: Tende mão, filha: sabeis latim, criastes-vos em mosteiro, tendes marido na Índia? Ora, ide-vos embora e vinde cá outro dia, que vos é força que vós tragais muito que me dizer e eu estou hoje muito depressa."

Os pobres homens ricos

Um amigo meu estava ofendido porque um jornal o chamou de boa-vida. Vejam que país, que tempo, que situação! A vida deveria ser boa para toda gente; o que é insultuoso é que ela o seja apenas para alguns.
"Dinheiro é a coisa mais importante do mundo." Quem escreveu isso não foi nenhum de nossos estimados agiotas. Foi um homem que a vida inteira viveu de seu trabalho, e se chamava Bernard Shaw. Não era um cínico, mas um homem de vigorosa fé social, que passou a vida lutando, a seu modo, para tornar melhor a sociedade em que vivia – e em certa medida o conseguiu. Ele nos fala de alguns homens ricos:
"Homens ricos ou aristocratas com um desenvolvido senso de vida – homens como Ruskin, William Morris, Kropotkin – têm enormes apetites sociais... não se contentam com belas casas, querem belas cidades... não se contentam com esposas cheias de diamantes e filhas em flor; queixam-se porque a operária está malvestida, a lavadeira cheira a gim, a costureira é anêmica, e porque todo homem que encontram não é um amigo e toda mulher não é um romance... sofrem com a arquitetura da casa do vizinho..."
Esse "apetite social" é raríssimo entre os nossos homens ricos; a não ser que "social" seja tomado no sentido de "mundano". E nossos homens de governo têm uma pasmosa desambição de governar.

Vi, há tempos, um conhecido meu, que se tornou muito rico, sofrer horrorosamente na hora de comprar um quadro. Achava o quadro uma beleza, mas como o pintor pedia tantos contos ele se perguntava, e me perguntava, e perguntava a todo mundo se o quadro "valia" mesmo aquilo, se o artista não estaria pedindo aquele preço por sabê-lo rico, se não seria "mais negócio" comprar um quadro de fulano.

Fiquei com pena dele, embora saiba que numa noite de jantar e boate ele gaste tranquilamente aquela importância, sem que isso lhe dê nenhum prazer especial. Fiquei com pena porque realmente ele gostava do quadro, queria tê-lo, mas o prazer que poderia ter obtido uma coisa ambicionada era estragado pela preocupação do negócio. Se não fosse pelo pintor, que precisava de dinheiro, eu o aconselharia a não comprar.

Homens públicos sem sentimento público, homens ricos que são, no fundo, pobres-diabos – que não descobriram que a grande vantagem real de ter dinheiro é não ter que pensar, a todo momento, em dinheiro…

Moscas, e teto azul

Amigos dizem-me: pinte o teto de sua cozinha de azul, assim não entrarão moscas. Desço a escada sonhador e perplexo; será verdade? Quem descobriu que moscas não amam teto azul, esse delicadíssimo segredo da construção civil, fino mergulho na sensibilidade aérea do inseto aborrecido para nós, mas em si mesmo respeitável como todo ser?

Faz o homem sua casa e não quer moscas, pinta de azul seu teto, moscas chegam até a janela, olham lá dentro para cima, pensam: pintou de azul o teto, ele não nos ama, adeus.

A relação mosca-homem é incessante no mundo, tanto que o homem a chama oficialmente *musca domestica*, celebrando seu amor à casa do homem, imaginando talvez que não havia moscas antes de haver casas, como certamente não existiam andorinhas sem beirais para viver e fios telefônicos onde se encontrarem as amigas e bater um papo olhando a tarde; uma criança nascida em Brasília que não sair de lá morrerá sem ver andorinhas, triste sina.

Cuida o leitor que estou escrevendo bobagens, e é certo. Mas eu sei das bobagens minhas, elas têm um enredo íntimo. Estou escrevendo assim à toa e já estou vendo para onde vou indo; comecei a falar de mosca, já passei para andorinhas, o resto é fácil de imaginar, estou pensando nessa andorinha cigana que apareceu na minha varanda e sozinha,

sozinha, não fez verão, mas fez uma súbita, ainda úmida, inquietante primavera, com seus ventos e frias luas. Vai durar? Tenho a secreta certeza de que não, mas me pergunto às vezes, e dirijo aqui esta pergunta aos homens que sabem as coisas, que são os homens poetas: acaso se pode prender mulher como quem prende passarinho na gaiola? Nosso deleite com mulher e passarinho não se estraga assim no seu mais íntimo sentido, que é de ter num instante o que é em si mesmo uma elusiva criatura – a posse do evanescente? Na minha varanda já apareceu canário, até beija-flor, até uma deusa, oh, tu, Diana, caçadora de brisas, que presides ao destino das nuvens errantes e das espumas do mar.

    Sei como faço: fico sério, trêmulo por dentro, mas dono do mundo e de mim, sentindo na cabeça a leve mão de Deus e o cicio inaudível de Sua voz dizendo: "Eis aí".

    Assim também A ouvirei quando reconhecer que foi a Morte que desceu em minha varanda: "Eis aí". E me irei, talvez com um pouco de pena de mim, mas sem medo e sem verdadeira tristeza, me irei como se vão as moscas ao recuarem, atônitas, perante o teto azul de uma cozinha.

O homem do Mediterrâneo

Uma tarde, em algum lugar da Grécia. Curvada para o chão, a velha recolhe as azeitonas e as joga dentro de um cesto. Talvez não seja muito velha, e a fadiga do trabalho a faça parecer menor e mais lenta. Com uma longa vara, o homem de cabelos grisalhos bate os galhos da oliveira. Um burrico, ali perto, espera a hora de escurecer, de sentir um peso nas costas e de marchar lentamente de volta à casa: o homem lhe dará a ordem numa só palavra resmungada.

Talvez em português, talvez em italiano, talvez em grego. Muda pouco a paisagem, mudam pouco as rugas do camponês, as oliveiras têm esse mesmo verde prateado, desfalecido, seja ao pé de um convento manuelino, de um arco romano, de umas colunas dóricas abandonadas na planura. Novembro começa: e lentamente, como se o fizessem apenas nas horas de lazer, homens e mulheres começam a colher olivas, apenas de uma árvore ou outra, como na abertura de um rito. Sento-me no chão, à sombra de uma oliveira: o sol se faz subitamente muito claro, quase quente. Eu podia tirar uma fotografia, mas sou um mau turista: fico ali sentado no chão, analfabeto, animal; pensando que eu poderia ser, com esta mesma cara, aquele homem de cabelos grisalhos; e aquela mulher que se curva para a terra, de pano na cabeça, poderia ser minha mulher; e eu poderia estar repetindo lentamente, na mesma faina de sempre, o mesmo gesto de meu avô, meu bisavô, na mesma terra, junto, quem sabe, à mesma oliveira secular. Sinto que sou um europeu do Mediterrâneo, me reencarno na rude pele de qualquer antepassado. Se eu ficasse louco neste momento, e perdesse a memória, talvez acabasse a vida nesta aldeia; e, como seria um louco manso, talvez me admitissem lentamente a cuidar da terra, a pastorear as ovelhas, e limpar os vinhedos, a colher azeitonas. Dar-me-iam algum monte de feno onde dormir, ao abrigo do tempo; e, ao cabo, talvez me estimassem, sentindo em mim um dos seus.

Como o Brasil está longe, além dos mares, das gerações! (Mas, mesmo na minha loucura mansa, perdida toda a memória, talvez eu guardasse um certo nome de mulher – e o repetisse baixinho, comigo mesmo, quando, perante um desses mármores lavados pelas chuvas, dourados pelos sóis, eu me lembrasse vagamente da pele de seu corpo e sentisse, talvez, uma confusa, violenta vontade de chorar.)

Atenas, novembro, 1961

Confissões de um embaixador

Um amigo do Rio me escreve, meio irônico, perguntando como vou enfrentando essas coisas de protocolo e etiqueta, e confessa que não me vê bem de fraque, nem a fazer salamaleques. Respondo-lhe que vou indo. Já que virei embaixador, devo me comportar como tal; afinal toda a minha vida enfrentei mais ou menos bem as tarefas que me tocaram, das mais humildes às mais honrosas. "Sem brilho e fulgor", como diz um velho samba – mas razoavelmente.

Do fraque, da casaca e de outras roupas de rigor lhe direi, amigo, que prefiro andar de calça e paletó-saco; mas por isso mesmo que nunca liguei muito a roupas, pouco me importa vestir as de gala. Elas são, para um embaixador, roupa de serviço – "roupinha da briga", como se diz no Rio – e não honram nem desonram mais quem a veste que o macacão ao mecânico. E por mais antipáticas e ridículas que possam parecer ao homem do povo, que nunca as usa, têm isto de simpático e mesmo democrático: são uniformes. Igualam as pessoas que as vestem; nada se parece mais a um homem de *smoking* que outro homem de *smoking*; o do rico não é muito melhor que o do pobre, e todos se confundem em qualquer reunião. Esse caráter igualitário (dentro de um certo meio) das roupas de homem contrasta com os trajes femininos; em toda festa as mulheres mais ricas ou de mais bom gosto aparecem com vestidos mais caros ou mais elegantes que os das outras; há uma competição permanente, que os cronistas mundanos acirram e os comentários das amigas e inimigas movimentam. De chapéus femininos, nem se fala, tal a variedade e tão tênues os limites entre o sublime e o ridículo; pois eu comprei uma cartola no Chiado, e ela é perfeitamente igual a qualquer outra cartola de Marrocos, e deste mundo.

A quem não é fátuo, não é o fato que o fará: veja, amigo, que fiz uma frase em *efe*, ou em *fá*.

Do protocolo, direi que este mundo tem suas regras, como todo convento as tem. Antigamente, quando se encontravam chefes de Estado ou embaixadores de vários países, cada um se achava com mais direitos que o outro, e merecedor de mais honrarias. Isso dava motivo a muitas disputas vãs. Hoje eu chego ao meu posto e quando começo a visitar os colegas, não pergunto qual é o mais importante, pergunto apenas quem chegou há mais tempo; e é nessa ordem estrita da antiguidade no posto que os visito. Quando me retiro, o colega vem me trazer não apenas à porta, mas à calçada, chova ou faça sol; e não arreda o pé antes que meu carro se movimente e ele me envie um último aceno e um último sorriso. Ao receber visitas, faço o mesmo, seja o visitante embaixador da mais vaga republiqueta ou da mais forte potência mundial.

Cumprir essas regrinhas que qualquer livro de etiqueta ensina, é ser correto; e ser correto evita ser parco ou excessivo em cumprimentos, ambos os extremos igualmente odiosos.

A regra, uma vez estabelecida e aceita por todo o mundo, funciona como um reconhecimento de que todas as nações, todos os agrupamentos humanos merecem igual respeito. É cômodo – e fundamentalmente simpático. Vê você, meu amigo, que me adapto ao ofício, tanto quanto posso, e procuro ver o lado bom dele, inclusive de seus ossos; não creio que ele me faça melhor do que sou, nem mais tolo. Abraço, adeus.

Marrocos, janeiro, 1962

Domingo: futebol em Casablanca

O jogo era em Casablanca, a uns 100 quilômetros de Rabat, mas no fim da festa descobrimos que a distância moralmente é a mesma de Ipanema ao Maracanã – a distância em função do fluir e do fruir de um domingo: almoçar à 1 hora, chegar ainda a tempo de ver a maior parte da segunda fase da preliminar, estar em casa de volta ao escurecer. Gasta-se mais gasolina e menos nervo. Éramos quatro, dois brasileiros e dois chilenos.

Eu poderia ir para a tribuna de honra e ficar ao lado do Príncipe, como fizeram três outros embaixadores, mas me lembrei dos maus pensamentos de José Lins do Rego quando ficou ao lado do Rei da Suécia assistindo a um jogo do Flamengo – e, embora nem a honra esportiva do Brasil nem a do Marrocos estivesse em jogo, preferi comprar minha entrada e torcer mais à vontade. É meio maroto torcer para os uruguaios, os homens da maldita "celeste", patrícios do negregado Obdulio Varela – mas o Peñarol estava jogando contra o Reims e afinal de contas nós somos América do Sul. Somos América do Sul muito mais do que sabíamos e poderíamos imaginar, foi o que esse jogo provou.

O fato é que os uruguaios estavam pesados, jogando um futebol antiquado e sem graça, atacando sempre do mesmo jeito errado – e do outro lado havia Kopa, Kopa "destilando suas astúcias" como escreveu o cronista do *Petit Marocain*, combinando com Fontaine (fora de forma, um pouco sobre o gordo, mas sempre com muita classe), Muller e Akesbi, este um dos melhores marroquinos importados pelo futebol francês (foi quem meteu os dois únicos gols da tarde), dizem que o Real Madrid está de olho nele. O Reims vencia fácil, Kopa estava cada vez mais ágil em seus *dribblings*, era natural que Cano, que tinha a desgraça de ser encarregado de o marcar, ficasse um pouco nervoso e baixasse o pé com certa rispidez… Futebol não é um jogo de moças, não é verdade?

 O mal foi eu não ficar na *pelouse* onde a torcida prefere falar árabe; aqui, nesta bancada coberta e numerada, todo mundo é francês – *joli! joli!* gritam eles quando gostam de uma jogada, o que dá para irritar um pouco no começo e, no fim, acaba enchendo, por vários motivos, tais como: eles, ou pelo menos dois dentre eles, que estavam sentados atrás de nós, têm uma tendência para achar *joli* o jogo do francês; além disso o diabo é que os uruguaios não faziam mesmo nada de *joli*; sem falar em que *joli*, como todo mundo sabe, é nome de cachorro pequeno. *Joli! Joli!* Era Akesbi fazendo tabelinha com um outro que não sei o nome; era Kopa novamente fingindo que ia passar para a esquerda, depois retendo a bola com um gracioso toque de pé, depois passando para a esquerda mesmo, enquanto três uruguaios se precipitavam quais mondrongos na direção oposta… *Joli!*

 Quando um francês deu uma furada o meu amigo chileno gritou, imitando a voz do francês atrás de nós – *joli! joli!* O outro não pareceu entender, mas o chileno o convidou aos gritos a gritar também. Por que não gritava mais *joli*? Foi aí que pela segunda ou terceira vez o mau-caráter do Cano baixou a pata mesmo em Kopa, sem bola nem nada.

Urros de protesto e vaias da assistência. Nós, moita. Então o torcedor francês mais chato, o *joli*, começou a gritar que aqueles sujeitos eram uns selvagens – "voltem para sua floresta, seus antropófagos, voltem para suas plantações de borracha, bárbaros da América do Sul", coisas assim.
Eu, moita; o chileno, bufando.
"É assim que são os campeões de futebol? gritava o *joli*, são é açougueiros, assassinos, bárbaros!"
Aquela alusão aos campeões podia ser com o Brasil, mas também podia ser com o campeonato de clubes que o Peñarol venceu; o certo é que o chileno deu o teco. Disse alto que os franceses precisavam perder essa mania de achar que só francês é que presta e os outros são uns selvagens; que futebol não é jogo para maricas – e outras coisas. Ao que uma senhora ao meu lado disse que não se tratava disso, tanto que Kopa nem era francês; e o *joli* começou a gritar que sim, os sul-americanos são bárbaros, não era a primeira vez que os via jogar. A essa altura meu amigo chileno já estava de pé, aos brados, dizendo que era por causa dessa burrice que os franceses tinham sido postos para fora do Marrocos, da Indochina, como agora vão ter de sair da Argélia… Houve gritos vários, protestos e aplausos que a taquigrafia não registrou, e a certa altura o chileno se lembrou de dizer que aquele cavalheiro ali presente – eu – era Embaixador do Brasil e merecia ser tratado com respeito, pois bárbaro é o povo que trata mal diplomatas etc. etc.

Senti vontade de me afundar na bancada, mas verifiquei que esta era de cimento armado. Procurei fazer, tanto quanto possível, cara de embaixador. Pessoas olhavam-me.

O *joli* encabulou um pouco e disse que de qualquer modo dar patadas não era jogar futebol. Surgiu uma questão sobre quem jogava e não jogava futebol, eu querendo acalmar o chileno, o amigo do *joli* fazendo provocações, a senhora dando gritinhos enquanto que o homem que estava a seu lado intentava silenciá-la, afinal gritei – que futebol, isso nós, brasileiros, nós o jogamos, nós o jogamos, ah, seguramente, isso nós fazemos! Gritei isso em francês, com gestos tão violentos em direção ao *joli* que era evidente que éramos também campeões de tapa na cara; parti meio às cegas para cima do homem, aí foi o chileno que me agarrou e me aplacou, a mim, pai de Pelé, tio de Garrincha, primo de Didi, irmão de Nilton Santos, defendendo a honra da minha família de plantadores de *caoutchouc*... Bem, a moral da história é que embaixador não deve ir a jogo de futebol, esta é que é a verdade.

Marrocos, março, 1962

Você vendo não acredita

Quem viaja tem alucinações. Posso oferecer o testemunho de vários brasileiros que ouviram comigo, em um restaurante de Tânger, uma canção árabe dizer, entre muitas coisas incompreensíveis, que "o nosso Tancredo Neves nasceu em São João del-Rei". Alguns a princípio não acreditaram; mas fizemos repetir a canção duas, três vezes (bastava pedir "a do Tancredo Neves") e era indubitavelmente aquilo…

As ilusões mais comuns são, porém, as ópticas. Para falar de outro filho de São João del-Rei, o Otto Lara Resende: ele me importunou horrivelmente no *souk* de Fez querendo me vender umas bandejas de cobre. Fazia cara de choro, me empurrava as bandejas na mão. Pois aquela mesma tarde, por milagre, encontrei o mesmo Otto disfarçado em *fellah*, junto a um campo de batatas, empurrando pacientemente uma charrua puxada por um camelo e um jerico. Gritei-lhe de longe "ei, Otto!" e, ao se sentir descoberto, ele me acenou com a mão, o biltre.

Vi o Emil Farhat, com seu nariz enérgico e seu olho azul, comprando tâmaras em Bouznika; e o Luiz Lopes Coelho, com um fêz vermelho na cabeça, lhe vendendo as ditas tâmaras. Meninos, eu vi.

Perto de Tétouan paramos uma tarde para atender ao pedido de socorro de um automobilista enguiçado. O carro era um Renault velho, com placa de Oujda. Enquanto meu chofer ia examinar o motor do carro com um dos viajantes, eu me aproximei de outro. Num relance vi de quem se tratava –

e cuidei imediatamente de disfarçar, pois havia mais dois passageiros no carro. Ele sem dúvida também me reconheceu, pois tratou de desviar o olhar e se pôs a conversar nervosamente em árabe com um velho que estava a seu lado. Mil coisas me vieram à mente para explicar aquela presença do General Cordeiro de Faria, antigo comandante da Artilharia da FEB, em carro com a placa de Oujda, da fronteira da Argélia conflagrada. Segredo militar-político-diplomático de alto tope, como dizem os americanos.

Eu fazia minhas conjeturas quando o passageiro que estava examinando o motor com o meu chofer veio em nossa direção; pois era outro General Cordeiro de Faria, absolutamente igual ao primeiro, indubitavelmente gêmeos, iguais até nos óculos e no albornoz de listras! Um certo exagero da Segunda Seção do Exército Brasileiro, sem dúvida.

Mas a coisa mais extraordinária nesse gênero que me aconteceu não foi em estrada nenhuma, foi no próprio refeitório do Hotel La Tour Hassan, de Rabat, onde eu morava. Quando ia saindo do almoço, em uma passagem estreita entre uma mesa e uma coluna, esbarrei literalmente com uma alta morena brasileira que dois meses antes eu deixara – com que melancolia! – esticada na areia de Ipanema. Fitei-a um instante, perturbado com a espantosa parecença; senti um aperto na garganta, baixei os olhos, e passei.

Não teria voltado se ela não me chamasse pelo nome – era ela mesma, a própria, a verdadeira, a inverossímil, baixada por acaso meia hora antes em Marrocos numa alternativa de voo internacional.

Marrocos, março, 1962

Lembrança do compadre Joaquim

Tenho um afilhado, que se chama João. Foi o caso que Joaquim Capixaba, antigo pescador, tinha combinado com meu pai que este seria o padrinho de seu próximo filho – isso foi na praia de Marataízes, estado do Espírito Santo. "No verão que vem, coronel." Mas o coronel Chico Braga morreu antes do tempo, e não teve mais nenhum verão de praia, que tanto o regalava. A família ficou pobre, a viúva teve de vender a casa da praia e mais uns terreninhos; a primeira vez que voltei lá, estava jogando um sete e meio na casa do professor Jorge Kafuri e quando ia saindo veio falar comigo o Capixaba, que tinha sabido de minha chegada, e estava há uma porção de tempo me esperando lá fora, acanhado. Era para eu ser padrinho da criança, no lugar do falecido. Pois não, Joaquim, muito obrigado.

— Então nesse domingo, compadre?

Depois ficamos conversando, eu vendo que o Joaquim estava querendo me dizer mais alguma coisa, porém sem jeito. Afinal desembuchou: e o nome da criança? Perguntei se era menino ou menina. Era menino. João, "João mesmo, compadre?" Aí eu disse uma dessas bobagens que a gente aprende quando é criança e não tem jeito de esquecer: "que for mulher chamaria Maria, que for homem chamarão João". E acabou a conversa.

No outro dia minha irmã me contou que o Joaquim tinha conversado com ela uma conversa muito embrulhada, no fim era para dar a entender que estava meio sem graça com o nome que tinha escolhido para o menino, sendo eu um rapaz tão preparado, com tantos estudos, podia escolher um nome bonito, ia botar nome de João. Se minha irmã não podia falar comigo com muito jeito… Eu, como era rapazinho, até que estava agradado de ser padrinho de alguém, mas ao mesmo tempo era uma estopada ter de botar sapato e ir à Vila (naquele tempo não havia igreja na praia) logo numa manhã de domingo, quando o banho tem mais movimento com o pessoal que chega de Cachoeiro no sábado. Assim, quando encontrei o Joaquim, fiz um ar meio amuado, disse a ele com toda delicadeza que tinha ficado muito contente dele me convidar para compadre, mas como sabia que ele não estava satisfeito com o nome que eu tinha escolhido para o menino, se ele quisesse até era melhor, para ele, escolher uma pessoa melhor para padrinho, pois eu já vivia fora do estado, era capaz de nunca mais vir a Marataízes, assim que para o menino era também melhor ter um padrinho que morasse mesmo no Cachoeiro, ou então alguém duma dessas famílias de Muqui, de Alegre, que vêm todo ano; que ele não se acanhasse de convidar outro, pois eu não ficaria zangado.

— O senhor nem me diga isso, compadre!

O Joaquim ficou tão envergonhado e tão triste que nem sabia o que dizer, e, para encurtar conversa, domingo lá estava eu na igreja da Vila do Itapemirim de vela na mão, com o diabo do menino chorando que era um desespero.

Filho de pobre é feito criação de peru, perde-se muito.

Anos depois eu soube que tinha dado uma peste na casa do compadre Joaquim Capixaba e ele perdera vários filhos, inclusive o maiorzinho que já ajudava; mas meu afilhado João, esse se salvara. E o Joaquim dizia a diversas pessoas:

— Devoção forte é essa do compadre *Rubes* em São João! E o Santo reconhece!

Mais uma desilusão amorosa

Le Cid, de Corneille, é para mim uma lembrança... de Cachoeiro de Itapemirim – ou melhor, do rapazinho que eu era ali aos treze ou quatorze anos. Não me recordo de ter lido a tragédia inteira: na classe de francês, como em outras, os livros de texto eram mudados a todo momento, para desespero financeiro dos pais dos alunos. Tenho a impressão de que havia apenas trechos de *Le Cid* em uma antologia de teatro clássico. Guardei, entretanto, uma ideia do enredo e também uma lembrança confusa de versos bonitos e sentimentos nobres. Alguns alexandrinos célebres me ficaram gravados na memória:

Ma plus douce espérance est de perdre l'espoir

La valeur n'attend point le nombre des années

Et le combat cessa faute de combattants...

Para falar com franqueza foram tantos os textos que me empurraram durante o curso, que esses mesmos versos tão citados eu não poderia garantir se eram de *Le Cid* ou de outra peça de Corneille – ou, quem sabe, de Racine... Mas a lembrança vital que eu guardei de *Le Cid* era aquela, de muitas "bolas de ouro" exprimindo sentimentos fidalgos de renúncia, de sacrifício, além de uma idealização de

Chimène que, por sinal, se parecia muito com certa moça que morava do outro lado do Itapemirim...

Na noite do último sábado fui, com um amigo brasileiro, às montanhas do centro de Marrocos, além de Meknès, ver um grupo da Comédie-Française, vindo especialmente de Paris, interpretar *Le Cid* diante do Arco do Triunfo de Caracalla, nas ruínas da cidade romana de Volubilis. A noite estava linda, cheia de estrelas, e havia uma brisa suave. Projetores invisíveis iluminaram o mármore das colunas antigas. Senti-me emocionado de estar ali, naquele cenário belo e nobre. A música de um órgão invisível elevou-se de repente; a pequena multidão silenciou. Começou o espetáculo...

Ô rage! ô désespoir! ô vieillesse ennemie! A verdade é que minha emoção foi murchando rapidamente para um desconforto decepcionado, comecei a achar ridículo o que antes me parecia o máximo da bacanidade... Fui eu quem ficou velho ou *Le Cid* que envelheceu? Don Rodrigue estava demais mocinho de *western*; seu pai era um canastrão ridículo; e Chimène, a doce Chimène, que mau-caráter! Em menos de 24 horas ela fica noiva, vê o noivo matar seu pai, pede justiça ao rei, deixa que outro rapaz duele com seu ex-noivo para salvar sua honra e fica novamente noiva do mesmo sujeito. Mal tem tempo de se vestir de negro para chorar sua orfandade e já está quicando de desejos de se unir ao assassino do pai. E tudo isso dizendo versos empolados de rimas baratas. Tudo o que outrora me parecia sublimemente romântico é moralmente sórdido e literariamente pífio. E tudo, sobretudo, soa falso, com um som de lataria chocalhada...

A linda Chimène diz dois dos versos mais cretinos da língua francesa. O primeiro quando pede, sem nenhuma convicção, que Rodrigue seja punido pela morte de seu pai:

Il est juste, grand Roi, qu'un meurtrier périsse.

O segundo quando, no dia seguinte, de acordo com a vontade do Rei, concorda em casar-se com o mesmo Rodrigue:

Et quand un roi commande, on lui doit obéir.

A esta altura, atrás de mim, muitos espectadores riram, como se estivessem assistindo a uma farsa. Mas eu não ri. Eu estava triste, decepcionado, vazio por dentro. Muitas mulheres já me enganaram ou desiludiram nesta vida; mas no fundo de meu coração cachoeirense de treze anos eu continuava secretamente a adorar Chimène…
E era uma boa bisca.

Marrocos, julho, 1962

A SOBREVIVÊNCIA DO ELEFANTE

 Houve uma época em que se achava que o elefante ia acabar, devido à matança dos caçadores de safaris e mercadores de marfim; um bicho daqueles, que dá uma só cria de três em três anos, não poderia aguentar; e até houve um francês que escreveu um romance bonito, *Raízes do Céu*, Prêmio Goncourt de anos atrás, cujo personagem principal era um filósofo amigo dos elefantes que matava homens que caçavam elefantes.

 Os cientistas dizem que já houve 352 espécies de elefantes, das quais só restam duas; mesmo sem a ruindade e a cobiça do homem, aquele grande bicho não teria grande chance de sobreviver; é um animal que precisa comer demais para sustentar o corpo desconforme, além do que é um bicho errado, que mal digere a metade do que come e é muito sujeito a doenças, inclusive diabete, antraz, caxumba, gripe comum; ainda bem que elefante não usa lenço, porque não haveria lençol que chegasse. Entretanto, o futuro do elefante hoje em dia está garantido; o elefante é hoje um bom negócio e até, quem sabe, poderíamos importar elefantes...

 Esse animal faz mal à saúde quando pousa uma pata sobre a pessoa e com a tromba vai arrancando seus membros e os jogando a vários metros de distância, alegremente. Mas isso ainda não aconteceu comigo, e mesmo aquele elefante com que esbarrei em Uganda e me deu a impressão de que era uma onda-monstro do Arpoador de anos atrás que vinha desabando sobre mim; a verdade, conforme contei, é que não foi preciso subir no elefante nem furar o elefante, nem mergulhar no chão diante do elefante: ele parou um pouco, me olhou como quem diz "o que é que o senhor está fazendo aqui?" e depois mudou de rumo, o que é uma vantagem dos elefantes sobre as vagas de fundo.

Naquele dia vi, entre muitos outros bichos, centenas de elefantes; à noite sonhei com elefantes e, como não há jogo do bicho em Uganda, no dia seguinte não joguei no elefante, mas comprei dois livros sobre elefantes. Há muitos livros escritos sobre essa mimosa criatura, que desde a Antiguidade fascina a imaginação humana e muito tem trabalhado em guerras, circos e engenharia civil; mas agora ele está dando dinheiro é no ramo do turismo, como explicarei amanhã.

Marrocos, janeiro, 1963

Ainda sobre elefantes

O principal defeito do elefante é, como eu ia dizendo, o de certos políticos brasileiros: é um bicho interessante, mas come demais. Gosta de capim novo, de brotos e frutas silvestres, mas gosta principalmente de cana-de-açúcar, manga, banana, tudo que é plantação do homem, e devora uma roça inteira em uma noite. Passa 16 horas por dia comendo. Tem um apetite latifundiário, incompatível com qualquer tipo de reforma agrária. Para o Nordeste não serve.

Mas para a Amazônia – me perguntava um amigo português em Quênia – vocês têm lá tanto espaço, por que não importam elefantes? O governo aqui está cobrando 75 libras pela licença para matar um elefante, se o sujeito quiser matar um segundo, este lhe custará 100 libras. E só se pode matar macho, e em certos lugares em que o número deles cresceu demais para incomodar a lavoura; mas a renda maior do turismo está nas divisas trazidas pelas pessoas que vêm visitar os parques nacionais, só para ver e fotografar elefantes e outros bichos em liberdade. Calcula-se que só em Uganda existem hoje uns 11 mil elefantes, no Congo haverá uns 100 mil. Hoje os governos não somente protegem o elefante, como também impedem que ele, sob essa proteção, se propague demasiado, invadindo as terras de lavoura. E veja aí nessas lojas quanta coisa de marfim se faz, que bonitas botinas de pele de orelha de elefante, bolsas de elefante; note que ainda se come muito elefante, carne seca de elefante é muito boa, acho que daria certo em feijoada.

Assim me falou o amigo português, mas confesso que hesito em propor a criação do elefante na Amazônia. Podíamos limitá-la a Marajó, como os búfalos, mas o diabo é que elefante nada melhor do que qualquer outro bicho de terra firme, não é à toa que ele é parente do peixe-boi – e também gosta muito de migrar, às vezes sem motivo aparente, em poucos anos andaria pelo Acre. É verdade que dá leite (elefantinho só desmama depois de dois anos) e até que neste ponto a elefanta é bem mais elegante que a vaca, pois as mamas ficam entre os membros dianteiros, como acontece com as mais distintas damas da nossa sociedade. Por falar nisso...

Não, o melhor é não falar nisso; não ficaria bem; esta crônica fica sendo exclusiva sobre elefantes para encerrar o assunto – embora, na verdade, eu ainda tivesse muita coisa a dizer a respeito. Até outro dia.

Marrocos, janeiro, 1963

Parece que erraram na conta

Janeiro de 1963: faço 50 anos.

Não é divertido. Para falar com franqueza, eu preferia (e obscuramente sinto vontade de dizer: eu *merecia*) fazer quarenta anos. Esta a idade que me apraz imaginar que possuo. Não tenho saudade de meus 30 anos, quero dizer – não teria vontade de voltar a ser como eu era aos 30 anos – e muito menos aos 20. Mas 40 acho que faria uma boa conta.

Sei que não adianta reclamar, mas acho que fui roubado. Contaram-me dez anos a mais… Naturalmente somaram tudo, tudo, inclusive o tempo que passei, vamos dizer, perdendo tempo. Por exemplo andando atrás de mulher que não queria saber de mim. Isso não devia valer. Que me marcassem agora 45 anos vá lá. Cinquenta, francamente, acho um pouco demais, e um pouco demasiado de repente. Parece que não há remédio senão aceitar. Aceito resmungando, como quem paga, de má vontade, uma conta de bar que está achando exagerada.

Cinquenta anos… Uma injustiça, sem dúvida alguma. Logo comigo, que tinha tanta vocação para ser rapaz!

Sou, na verdade, um velho rapaz, e faço meus 50 anos sem rir, sem chorar; sem chorar, sem rir. Resmungando, é natural. O momento seria bom para uma pausa, um balanço, um exame de consciência. Vou pensar nisso; mas agora não, ainda estou meio chocado com essa brincadeira boba.

A verdade é que a gente não envelhece por igual, como essas frutas dos pomares bem cuidados. A gente envelhece como goiaba da roça; uma parte está de vez, outra já madura, um pedaço ainda está verde e já outro preto, bichado.

Essa comparação não deve ser minha; acho que já li isso em alguma parte, talvez em Gilberto Amado; parece coisa dele.

Para disfarçar, e como tinha de viajar, arranjei as coisas para passar o dia de meu aniversário em viagem. Saí cedo de Rabat em automóvel para pegar em Casablanca um avião que me levaria a Lisboa, onde no dia seguinte embarcaria para o Rio.

Mas o aeroporto de Lisboa esteve trancado por um nevoeiro, e como as notícias eram incertas passei o dia entre o aeroporto, o hotel e agência da companhia; acabei fazendo uma escala absurda em Madri, que é mais longe do que Lisboa.

Essa confusão aborrecida me deu a vaga impressão de estar entrando clandestinamente na minha segunda metade de século. Metade, por sinal, bem menor que a primeira…

Só há um consolo verdadeiro: a companhia. Fazendo 50 anos em 1963 eu me igualo, pelo menos em idade, a duas das mais altas e puras instituições cariocas: Vinicius de Moraes e o bondinho do Pão de Açúcar. O poeta faz 50 anos em 19 de outubro; o bondinho fez agora mesmo, em janeiro, um pouco depois de mim.

Nesses 50 anos de funcionamento, esse bondinho teve raros acidentes, já deu muito susto e já ameaçou se despencar no abismo, mas nunca matou ninguém. Como o Vinicius de Moraes. Como o Vinicius de Moraes, cuja poesia também tantas vezes nos leva sobre a terra e o mar em visões de beleza, entre nuvens e luas… Bons companheiros!

Mas eu preferia fazer 40.

Rio, janeiro, 1963

Pessoas que acontecem

Uma vez contei a história de um mito que nós, famélicos estudantes moradores de uma pensão do Catete, nos anos 30, criamos para zombar uns dos outros. Se, por exemplo, Rui atendia o telefone e era para o Miguel, e o Miguel lá de cima perguntava quem é que queria falar com ele, Rui respondia sério: "É um sujeito que lhe quer dar quinhentos mil-réis..."

A graça verdadeira da história é que um dia me chamaram ao telefone. Era um amigo velho de Cachoeiro, o Antônio Olinto Gonçalves:

— Rubem, como vai? Há quanto tempo a gente não se vê! Como vai de saúde? E de dinheiro? Hem? Bem, acontece o seguinte: entrei agora nuns dinheiros e queria saber se você não estava precisando assim de uns quinhentos mil-réis...

Não era trote. Vinte minutos depois ele passava pela pensão, e, na frente de três ou quatro colegas por mim convocados para solenizar o ato, me entregava uma grande nota de quinhentos mil-réis, naquele tempo conhecida como "tapete d'alma". O "homem dos quinhentos mil-réis" existia mesmo.

Não estranho muito quando sei que um sujeito a quem jamais fiz nenhum mal está fazendo força contra mim em algum setor. Não me acho simpático, e suponho que, se eu conhecesse outro sujeito igual a mim, nossas relações nunca chegariam a ser grande coisa.

O que me espanta na vida é a aparição súbita da Providência Divina disfarçada em uma pessoa qualquer.

Podia fazer uma lista dessas pessoas, mas prefiro citar apenas um caso. Uma vez, em Cachoeiro, João Madureira e eu, ainda rapazolas, saímos a passarinhar. Creio que ele levava um pio de inhambu ou de macuco. Eu levava apenas minha espingarda; sou homem de ouvido ruim, tanto que contam que uma vez que piei um macuco, meia hora depois apareceu o "soberbo galináceo" (é assim que se diz no disco de vozes de aves do Brasil feito pela família Coelho, fabricante de pios de caça na ilha da Luz, e que vocês não encontram em nenhuma casa de discos, mas em casas de armas) e quando eu levava a arma à cara o macuco levantou uma pata e disse: "Não atire não, moço, eu só vim ver quem é que estava piando macuco tão mal".

Bem; eu e João subimos por uma capoeira, atravessamos um roçado, contornamos um brejo, entramos na mata, andamos, andamos, e a horas tantas começou a escurecer e a chover. Escureceu e choveu tanto que ficamos molhados e sem rumo; tocamos por um caminho qualquer até ver, como nas histórias antigas, uma luzinha lá longe.

Nenhum de nós dois conhecia o dono da fazenda: era o senhor Oscar, irmão do finado governador do Espírito Santo, Nestor Gomes. Ele nos deu jantar, cama para dormir, roupa seca, e ainda despachou um camarada a cavalo para ir até uma estação próxima pedir para avisarem a nossas famílias em Cachoeiro que nós íamos dormir lá na Cachoeirinha.

*

Em 1935 houve um dia que fiquei desarvorado e sem saber onde dormir. Meus amigos mais íntimos estavam presos, e eu escapara por muito pouco, dormindo cada noite em um lugar diferente.

A certa altura, procurei pouso por uma noite em uma casa de Vila Isabel, mas a família, assustada, me negou abrigo.

Com minha maleta na mão entrei em um café do bulevar e telefonei para um amigo perguntando se ele tinha alguma ideia. Ele pediu o número do telefone do café em que eu estava, e dali a dez minutos ligou para mim. Disse que tinha telefonado a um amigo que morava em Grajaú; era um senhor protestante que não se metia em política, mas homem de excelente coração, que estava disposto a correr o risco de me esconder em sua casa até que eu arranjasse outro rumo.

Tomei um táxi e fui para essa casa em Grajaú, onde passei alguns dias, fiquei doente, fiz uma pequena operação e fui cuidado com o maior carinho pelo dono da casa, sua senhora e duas filhas mocinhas. O dono da casa era o mesmo dono da fazenda da Cachoeirinha.

ALGUMAS PONDERAÇÕES CATABÓLICAS

Catabólico é uma palavra engraçada; parece o exercício do goleiro que sai de quatro (de cata-cavaco) atrás da bola que lhe escapou das mãos.

Mestre Aurélio não registra a palavra em seu excelente Pequeno Dicionário; apenas refere *catabolismo* no sentido de desassimilação; aliás Aurélio também não acolhe *catacavaco* ou *cata-cavaco*, palavra corriqueira para designar uma interessante posição do corpo.

São cochilos do mestre. Mas qualquer pessoa gorda que quer emagrecer (caso meu e também do Aurélio, que já o vi a derreter untos numa sauna em Itatiaia, embora ele também ainda não haja acolhido a palavra *sauna*), qualquer pessoa como nós, que faz regime ou pelo menos lê livro que ensina a fazer regime, sabe que se diz *catabólico* o alimento que consome mais calorias para ser digerido do que as que fornece ao organismo: alface, abacaxi, etc. Enfim: comida que emagrece, embora alimente.

Um médico meu amigo aconselha para o verão não apenas mantimentos mas também literatura catabólica. Evitar grandes versos de Schmidt ou odes de Vinicius, consumir poemas magros de João Cabral ou Carlos Drummond de Andrade. Tirar da parede quadros de Di Cavalcanti, reproduções de Rubens ou Renoir: engordam horrorosamente. Não ouvir bossa nova: tem muito açúcar, é melhor traçar saladas de *cool jazz* em estado natural.

Cuidado com as mulheres. As meigas e rechonchudinhas devem ser eliminadas; use-as magras e amargas, mas não em excesso para não suscitar úlcera no estômago. O melhor é o tipo da magra esquiva, com sabor de carne de peixe.

O ideal mesmo, aliás, é não sair muito com mulheres. Compre uma bicicleta e saia com a mesma, eis um fino conselho.

Esculturas de Bruno Giorgi são mais recomendáveis que as de Alfredo Ceschiatti. Pintor francês atual, o mais catabólico é mesmo Buffet. Ouvir acordeão engorda tanto como romance de José de Alencar e Jorge Amado; leiam Machado de Assis e Graciliano Ramos, os catabólicos da prosa brasileira.

Crônica, se gostar, que seja do gênero meio aflito, como José Carlos Oliveira; Pongetti, Braga e Elsie Lessa engordam um pouco; cuidado com os salgadinhos e frituras do Stanislaw Ponte Preta! Entrevista de candidato sempre contém farináceos...

O melhor é não ler nada. Não ler, não amar, não comer; morrer, dormir, sonhar talvez, quem sabe...

Os carnavais de antigamente

Para responder, há tempos, a uma enquete de jornal, fiz um esforço para apurar minhas primeiras lembranças carnavalescas. Vi-me a mim mesmo e a meu irmão, muito pequenos mas de calças compridas, uma faixa vermelha na cintura, com bigodes e costeletas pintados a rolha queimada... De pouco mais me lembro, mas creio que éramos nada menos do que mexicanos. Também tenho uma vaga noção de que cheguei a apache, mas não estou muito seguro. O que me encantava, e até hoje me seduz no carnaval, era a transfiguração das pessoas. As pessoas grandes que eu via todo dia em Cachoeiro, sérias, em seus trajes vulgares, de repente viravam piratas, *cowboys*, esqueletos, cossacos, índios, sultões, mosqueteiros, palhaços, cozinheiros, almirantes. De um certo ponto de vista parece que eu "acreditava" um pouco nas fantasias, isto é, passava a associar aquelas pessoas às fantasias que tinham usado no carnaval, como se essas fantasias fossem a sua verdade secreta. O disfarce era uma revelação, eis o que eu sentia inconscientemente.

*

O cheiro dos lança-perfumes, os confetes, as serpentinas, a música, tudo era transfiguração. Para o adolescente tímido, as mocinhas deixavam de ser intocáveis ao mesmo tempo que ficavam muito mais maravilhosas – ciganas, piratas de coxas nuas, odaliscas, bailarinas, pierretes.

Só no carnaval eu tinha coragem de dançar; ele é a grande festa dos tímidos. Moças que passavam por mim na rua apenas murmurando um "bom-dia", com um rápido olhar – que milagre! – no carnaval sorriam, cantavam para mim, olhos nos olhos, se deliciavam com o jato de meu lança-perfume, deixavam que eu enchesse seus cabelos de confetes, que as prendesse eternamente com voltas de serpentina – e havia momentos de quase êxtase no tumulto das danças.

*

Havia uma instituição espantosa para nossa cidade pudica: era, digamos assim, o carro das mulheres. Naturalmente um grande carro aberto cheio de mulheres fantasiadas, a jogar serpentinas, empunhando bisnagas de cem gramas, pintadíssimas, alegríssimas, passeando escandalosamente no meio da gente e dos carros familiares, entre blocos de mocinhas. E todo ano havia um rapazinho que se embriagava e saía no carro das mulheres. Ia ali abraçado a duas gordas, empunhando uma garrafa de cerveja, enfrentando a censura das famílias, mostrando que já era homem, que era farrista, que era um perdido.

O moço de família que tinha a coragem suprema de fazer essa exibição me parecia um herói do vício. Moças recusavam-se a dançar com ele na noite seguinte, no baile dos Caçadores; era, durante algum tempo, um intocável, um imundo. Mas os homens mais velhos comentavam aquilo sorrindo, com simpatia: rapaziadas...

NEGÓCIO DE MENINO

Tem dez anos, é filho de um amigo, e nos encontramos na praia:
— Papai me disse que o senhor tem muito passarinho...
— Só tenho três.
— Tem coleira?
— Tenho um coleirinha.
— Virado?
— Virado.
— Muito velho?
— Virado há um ano.
— Canta?
— Uma beleza.
— Manso?
— Canta no dedo.
— O senhor vende?
— Vendo.
— Quanto?
— Dez contos.
Pausa. Depois volta:
— Só tem coleira?
— Tenho um melro e um curió.
— É melro mesmo ou é vira?
— É quase do tamanho de uma graúna.
— Deixa coçar a cabeça?
— Claro. Come na mão...

— E o curió?
— É muito bom curió.
— Por quanto o senhor vende?
— Dez contos.
Pausa.
— Deixa mais barato...
— Para você, seis contos.
— Com a gaiola?
— Sem a gaiola.
Pausa.
— E o melro?
— O melro eu não vendo.
— Como se chama?
— Brigitte.
— Uai, é fêmea?
— Não. Foi a empregada que botou o nome. Quando ela fala com ele, ele se arrepia todo, fica todo despenteado, então ela diz que é Brigitte.
Pausa.
— O coleira o senhor também deixa por seis contos?
— Deixo por oito contos.
— Com a gaiola?
— Sem a gaiola.
Longa pausa. Hesitação. A irmãzinha o chama de dentro da água. E, antes de sair correndo, propõe, sem me encarar:
     — O senhor não me dá um passarinho de presente, não?

Rio, março, 1984

Em Roma, durante a guerra

"Se algum dia eu partir para a guerra..." Pois aconteceu, meus netinhos, que um dia eu parti para a guerra. Não, não farei como esses veteranos de cinema que, sentados em suas cadeiras de rodas, contam lances terríveis e arrasam o inimigo a bengaladas. Também não vou afirmar que foi minha presença no teatro de operações que motivou a ruína de Hitler e Mussolini; deixo isso ao julgamento da Posteridade, ou, como dizia o nosso finado imperador, à Justiça de Deus na Voz da História. O zíper da modéstia me fecha a boca.

Contarei hoje apenas uma aventura minha de retaguarda. Um dia, num bar de Roma, havia uma elegante senhora loura que tinha cigarro mas não tinha fósforos. Um galante correspondente de guerra que estava na mesa ao lado sacou de seu isqueiro e pediu-lhe licença para acender seu cigarro. Depois, com muita delicadeza e timidez, disse que havia chegado aquele dia em Roma, e não conhecia ninguém; queria saber se ela não levaria a mal sua ousadia de convidá-la para sua mesa. Assim eu (que outro não era, como já adivinhastes, o galante correspondente) travei relações com uma espiã, pois é evidente que mulher loura com cigarro e sem fósforo só pode ser espiã. Ela falava um italiano perfeito, o que também faz parte de seu ofício; mas apesar disso perguntei-lhe se era italiana. Disse que era e não era. Bonita resposta, pensei eu, reparando em seus olhos de um azul cinzento, e brinquei: "não vai me dizer que é da Abissínia!" Ela riu; era de Trieste; confessei-lhe que eu era de Cachoeiro de Itapemirim, ela repetiu o nome de minha cidade com tanta graça que me apaixonei.

 Dois ou três dias nos encontramos, até que certa noite eu a convidei a jantar no hotel em que eu estava alojado, com os demais correspondentes de guerra – um pequeno e simpático hotel de Via Sistina, perto da Igreja de Trinità dei Monti. Estávamos ainda no aperitivo – se lembra, Squeff, daquele *rum con limone*? – quando ela deixou a mesa um momento para ir ao toalete. Imediatamente aproximou-se de mim um major inglês de grandes bigodes e muito polidamente me pediu que o procurasse mais tarde em seu apartamento no mesmo hotel. Adiantou que trabalhava na contraespionagem, e que a senhora que estava em minha companhia era suspeita; mas que eu não a deixasse perceber que fora informado disso.

 No dia seguinte o major me esclareceu: a minha amiga era tcheca de raça alemã, filha de um industrial ligado aos nazistas. Prometi ao major transmitir-lhe qualquer pergunta ou pedido suspeito que ela me fizesse; mas eu devia voltar logo para a linha de frente e a minha encantadora mata-harizinha não havia meio de me tentar extorquir o segredo da futura bomba atômica nem o esquema da próxima ofensiva aliada.

 No dia seguinte almoçamos num restaurante e tomamos três garrafas de tinto; depois, num bar fiquei a alisar ternamente a sua mão fina, de veias azuis. Mão de espiã – pensava eu – e senti uma ternura especial, uma fraqueza dentro de mim. Aquele dia mesmo eu ia voltar para a frente, para aquele mundo desagradável de homens, lama e explosões; senti que ia ter saudades dela, e lhe disse isso.

Mão de espiã... Mas além, ou antes de ser uma espiã, ela era também mulher; não tinha nascido espiã; teria tido algum prazer verdadeiro em minha companhia? Foi então que ela me pediu um favor: que através de minha correspondência eu mandasse um recado para um seu tio, que morava em São Paulo, dizendo que ela estava em Roma e pedindo que lhe enviasse, em meu nome, através de meu jornal e do Banco do Brasil, uma determinada importância em dinheiro. Escreveu o nome do tio em um papelzinho e me entregou.

Beijamo-nos na Piazza di Spagna; subi a escadaria lentamente. Se eu entregasse aquele papelzinho ao major inglês, um homem seria preso em São Paulo; pensei em nossa polícia, nos seus "hábeis interrogatórios"; e se o homem fosse inocente?

Na portaria do hotel liguei para o P. R.O. pedindo um jipe que me levasse ao aeroporto; depois, num impulso, pedi à telefonista que me desse o apartamento do major inglês. Não atendia; mas o porteiro me informou que ele estava no hotel, provavelmente no salão de chá que ficava no terceiro andar. Tomei o elevador, mas então resolvi ir até o meu apartamento arrumar a mala. Tirei o papelzinho do bolso e fiquei um instante na janela a olhar a paisagem de Roma lá embaixo. O vento ainda era frio, naquele começo de primavera. Fiz uma bolinha com o papelucho e o joguei fora; acompanhei-o com os olhos até que o vi cair num toldo, e depois na rua. E acabou-se a história.

A MULHER E SEU PASSADO

Ela conta a história de uma freira que a atormentava no internato, em seu tempo de menina; de um homem que a fez viver longamente entre o desespero e o tédio, a revolta e a humilhação. E fica meio magoada porque a tudo eu sorrio, porque eu não pareço participar do sentimento com que ela fala contra essa gente que passou. Afinal ela também sorri: "Você é meu amigo ou amigo da onça?"

Sou seu amigo. Mas rico ri à toa, e eu me sinto vertiginosamente rico porque essas histórias, alegres ou tristes, ela me conta de mãos dadas, junto de mim. Digo-lhe isso; mas não lhe confesso que aprovo e abençoo todas as coisas e pessoas que povoaram seu passado, e tenho vontade de dizer:

"Benditos teu pai e tua mãe; benditos os que te amaram e os que te maltrataram; bendito o artista que te adorou e te possuiu, e o pintor que te pintou nua, e o bêbedo de rua que te assustou, e o mendigo que disse uma palavra obscena; bendita a amiga que te salvou e bendita a amiga que te traiu; e o amigo de teu pai que te fitava com concupiscência quando ainda eras menina; e a corrente do mar que te ia arrastando; e o cão que uivava a noite inteira e não te deixou dormir; e o pássaro que amanheceu cantando em tua janela; e a insensata atriz inglesa que de repente te beijou na boca; e o desconhecido que passou em um trem e te acenou adeus; e teu medo e teu remorso a primeira vez que traíste alguém; e a volúpia com que o fizeste; e a firme determinação, e o cinismo tranquilo, e o tédio; e a mulher anônima que te vociferou insultos pelo telefone; e a conquista de ti por ti mesma, para ti mesma; e os intrigantes do bairro que tentaram te envolver em suas teias escuras; e a porta que se abriu de repente sobre o mar; e a velhinha de preto que ao te ver passar disse 'moça linda…'; bendita a chuva que tombou de súbito em teu caminho, e bendito o raio que fez saltar teu cavalo, e o mormaço que te fez inquieta e aborrecida, e a lua que te surpreendeu nos braços de um homem escuro entre as grandes árvores azuis. Bendito seja todo o teu passado, porque ele te fez como tu és e te trouxe até mim. Bendita sejas tu."

O país de minha noiva

— A minha noiva é formosa e ditosa; assim é o seu país.

No país de minha noiva os trovões são gordos e alegres; e a chuva é musical. Costuma parar de chover um pouco antes das cinco e meia da tarde, a tempo de propiciar um arco-íris, em sinal de aliança do Astro-Rei com a Terra. Não se trata de aliança para o progresso, mas aliança de amor.

§ 1.º A expressão Astro-Rei refere-se ao Sol. Não há outro Rei, além do Astro. Também não há escravos, a não ser algumas escravas egípcias, enfeitadas com correntes de ouro, as quais escravas são lindas e de seios túrgidos e longas coxas desnudas; e bailam no carnaval. São morenas. Têm cinturas finas.

No país de minha noiva a patente mais alta das Forças Armadas é a de aspirante a anspeçada. Anspeçada mesmo só se imagina em tempo de guerra.

Mas não há tempo de guerra no país de minha noiva. Há tempo de jabuticaba, de açucena, de jogar bilboquê e de ovas de tainha. Há muitos tempos. O Tempo se divide em alegres tempos, e flui suave e cordial. Às vezes se detém um pouco, para que eu possa mirar a minha noiva. Quando a minha noiva me mira a mim, o Tempo se imobiliza inteiramente. Só eu estremeço. "Amo tanto e estremeço esta terra!"

CAPÍTULO II - DA TERRA

No país de minha noiva não há trabalhadores rurais, nem mesmo camponeses. Há campônios. Eles não se juntam em ligas nem sindicatos, mas em grupos corais, à hora do *Angelus*. Ninguém pensa em dividir a terra, mas em laborar e colher.

Art. 1.º A terra é indivisível.

Art. 2.º A terra é toda de Deus.

Art. 3.º No uso das praias e dos relvados é assegurada a primazia dos adolescentes, para seus jogos e bailados.

§ 1.º As ninfas são locadas nos bosques, à razão de treze por alqueire. São os chamados grupos de treze.

No país de minha noiva não há prisões; apenas corações cativos. Mas ainda a estes é permitida uma certa leviandade.

A alegria de minha noiva, quando descíamos no elevador, me encheu de sol meu coração. Mas agora não há mais elevadores, pois não é permitida a construção de edifícios. Tampouco a de favelas.

As pessoas habitam choupanas ou mansões, segundo a idade, o estado de espírito e os sentimentos religiosos. As mansões são antigas e as choupanas são felizes.

A minha noiva é jocunda e bela; assim é o seu país.

Enquete pelo telefone

A redatora de um jornal me telefona e pede minha opinião sobre a nova moda dos seios nus. Esse tipo de enquetinha pelo telefone me aflige, pois assim de momento jamais me ocorre uma resposta passavelmente inteligente. Respondo com evasivas, mas ela insiste. Acho bonito? Acho imoral?
— Ah, minha filha, só vendo.
— Só vendo, como?
— Você põe o tal monoquíni e venha aqui em casa. Sem ver eu não posso dar uma opinião.
Ela me chama de engraçadinho, muito zangada, o que me consterna um pouco. Afinal de contas é uma colega de jornalismo, uma jovem que está trabalhando, ganhando sua vida, e eu respeito muito isso, não gosto de destratar ninguém. Peço-lhe desculpas, se acaso minha resposta a chocou. Ela faz uma pergunta imprevista:
— O senhor deixaria sua filha usar essa moda?
— Deixaria... isto é, não sei...
Um silêncio. Ela parece hesitar um pouco em fazer outra pergunta, e afinal se decide:
— Que idade tem sua filha?
Com delicadeza protesto que não desejo dar uma entrevista sobre minha família. Não gostaria de ver filha minha envolvida nessa coisa de entrevista de jornal; dá muita fofoca...

— Mas o senhor não pode me dizer que idade tem sua filha?
— Não, não posso. Para lhe falar com franqueza, eu não tenho, nunca tive uma filha. É um ponto de melancolia em minha vida. Ter uma filha! Como eu gostaria de minha filha!
— Mas então como é que o senhor disse que deixava?
— Que deixava o quê?
— Ora, sua filha usar a moda nova! O senhor está brincando? Se não quer dar entrevista, é uma coisa, mas se o senhor quer brincar comigo não acho graça nenhuma, não precisa inventar que tem uma filha...
— Foi você quem falou de minha filha, não fui eu. Acredite que não estou brincando, estou falando sério: tenho mesmo uma certa tristeza em não ter tido uma filha. Agora é tarde, mesmo porque para ter uma filha seria preciso ter mulher; isso complica muito as coisas, não acha? Esse negócio de ter mulher é fogo. Enfim, o melhor é a gente se conformar; quem não tem filha, o jeito é gostar das filhas dos outros... Você é filha de quem?
— Eu? O que é que o senhor tem com isso? Quer saber de uma coisa? Eu até aprecio as coisas que o senhor escreve, nunca pensei que tivesse uma conversa tão cretina.
Fico novamente consternado, e procuro me desculpar:
— Bem, eu não quero insinuar que você seja filha de ninguém. Pelo amor de Deus, não me leve a mal, mas esse negócio de entrevistinha pelo telefone não dá certo mesmo, minha filha...
— Não me chame de minha filha!

— Desculpe, é uma maneira de dizer, eu não quero insinuar nada, me acredite. E olhe: se você quiser usar a tal moda, não se preocupe comigo, está ouvindo? Eu já tenho visto tanta coisa neste mundo que, francamente...

Mas corto a frase no meio, porque ela desligou.

Assim ama o colibri

Ora, hoje eu vos falarei de amores. Não do amor terrestre, nem do amor divino, mas de um aéreo amor que, para vos assustar, direi ser o amor dos troquilídeos. Não, não vos assusteis: troquilídeos são esses lindos passarinhos que o vulgo chama de colibris ou beija-flores.

O naturalista Augusto Ruschi tem em seu viveiro e no jardim de sua casa, uma bela casa construída pelo avô tirolês, em Santa Teresa, Espírito Santo, muitos beija-flores de várias espécies. E como é um homem curioso e indiscreto andou uns tempos a espreitar o namoro dos beija-flores e depois me contou algo a respeito.

Sabe-se que entre os passarinhos o macho é sempre muito mais bonito que a fêmea; até em aves de quintal, como o galo e o peru, isso é fácil de ver, sem falar no pavão, esse *show* imperial de cores feitas para seduzir a feiota da pavoa. Quando sente palpitar seu coração de amor, o colibri cuida de cativar a fêmea, e então dá início à Parada Nupcial, que Ruschi divide em cinco fases.

Na fase de APROXIMAÇÃO o macho começa a frequentar a área territorial da fêmea. Sua plumagem está então se completando. Ele fica a certa distância observando a amada, fazendo acrobacias aéreas e cantando. A distância varia com cada espécie; há um tímido beija-flor cor de ametista que sempre guarda uns cem metros de distância, um outro fica a uns trinta metros, e outro há que se aproxima até seis metros. Quando a fêmea não simpatiza com o macho a coisa não dura: ela o caça a bicadas e o expulsa de seu território. Se no começo do namoro outro macho aparece, o primeiro é que o expulsa.

Segunda fase: PERSEGUIÇÃO À FÊMEA. A esta altura a plumagem do macho está em seu pleno esplendor, e ele começa a perseguição. Sempre que a fêmea voa de seu pouso habitual ele vai atrás com ares agressivos e um chilreado especial, agudo; ela foge com um chilreio baixinho, tímido; esquiva-se, esconde-se, para volver depois.

Terceira fase: APRESENTAÇÃO. Já agora a fêmea passa a frequentar um ramo mais aberto, e o macho voa perante a amada. Uns sobem e descem no ar em voo de libração, outros descrevem círculos no ar, aproximando-se em voo rasante e emitindo um som especial, um *rrép* muito forte.

Quarta fase: EXIBIÇÃO DE PLUMAGEM. O macho procura impressionar a fêmea exibindo sua plumagem. Faz circunvoluções, e sempre que passa perto da namorada eriça e move as plumas iridescentes, ergue o topete ou os pompons, abre em leques as caudas coloridas, cantando um canto forte e variado, subindo até cinquenta metros e baixando de súbito para se imobilizar, todo resplendente de luz, num paroxismo de beleza, diante da fêmea… Cada espécie executa um balé diferente, mas todos exibem suas belezas com o máximo de esplendor. Esse exibicionismo é tão intenso que os machos de certas espécies, que só têm penas iridescentes nas costas, não hesitam: dançam de costas para a amada, e depois se voltam com as penas do peito projetadas para a frente. E há mesmo alguns beija-flores que têm uma certa zona sem pelos nem plumas na cabeça, uma aptéria ou carequinha que às vezes um topete esconde. Pois nesse momento de excitação essa pequena calva se faz de azul-cobalto; e o macho, depois de muitas acrobacias e paradas e exibição de penas, posta-se perante a amada e curva a cabecinha, para que ela possa ver sua careca azul…

    Se isso não é verdade, a mentira será do Professor Ruschi. Eu por mim acho que deve ser, tantas e tão raras e estrambólicas e loucas ações tenho visto nos homens quando querem conquistar certas mulheres. Beija-flor não é melhor do que nós; e nessa luta vale tudo, desde o carro fora de série até o diamante, o poema e a careca azul. Bem, eu ia esquecendo de me referir à quinta fase; direi apenas que nos beija-flores ela não dura mais de dois segundos…

Mestre Aurélio entre as palavras

Ora, resolvi enriquecer o meu vocabulário e adquiri o livro *Enriqueça o seu vocabulário* que o sábio Professor Aurélio Buarque de Holanda Ferreira fez, reunindo o material usado em sua página de *Seleções*. Afinal de contas nós, da imprensa, vivemos de palavras; elas são nossa matéria-prima e nossa ferramenta; pode até acontecer (pensei eu) que, usando muitas palavras novas e bonitas em minhas crônicas, elas sejam mais bem pagas.

Confesso que não li o livro em ordem alfabética; fui catando aqui e ali o que achava mais bonito, e tomando nota. Aprendi, por exemplo, que a calhandra grinfa ou trissa, o pato gracita, o cisne arensa, o camelo blatera, a raposa regouga, o pavão pupila, a rola turturina e a cegonha glotera.

Tive algumas desilusões, confesso; sempre pensei que trintanário fosse um sujeito muito importante, talvez da corte papal, e mestre Aurélio afirma que é apenas o criado que vai ao lado do cocheiro na boleia do carro, e que abre a portinhola, faz recados, etc. Enfim, o que nos tempos modernos, em Pernambuco, se chama "calunga de caminhão". E sicofanta, que eu julgava um alto sacerdote, é apenas um velhaco. Cuidado, portanto, com os trintanários sicofantas!

Aprendi, ainda, que Anchieta era um mistagogo e não um arúspice, que os pelos de dentro do nariz são vibrissas, e que diuturno não é o contrário do noturno nem o mesmo que diário ou diurno, é o que dura ou vive muito.

164

Latíbulo, jiga-joga, julavento, gândara, drogomano, algeroz… tudo são palavras excelentes que alguns de meus leitores talvez não conheçam, e cujo sentido eu poderia lhes explicar, agora que li o livro; mas vejo que assim acabo roubando a freguesia de mestre Aurélio, que poderia revidar com zagalotes, ablegando-me de sua estima e bolçando-me contumélias pela minha alicantina de insipiente.

Até outro dia, minhas flores.

A moça do carnaval

Minha amiga Lila Bôscoli, que faz com muita eficiência e graça a crônica feminina de *Última Hora* do Rio, telefonou outro dia para saber o que eu achava da mulher foliona. Ela se referia a essa que dança cantando, de braços abertos, no salão ou em cima da mesa, nos bailes de carnaval. Pela maneira de Lila fazer a pergunta percebi que ela esperava que eu "pichasse" a foliona. Pois respondi com sinceridade: "adoro". Lila acha que há falta de linha e exibicionismo nessa maneira de brincar. Exibicionismo ou "semostração", como dizia Mário de Andrade, há muito no carnaval; mas o que em outras ocasiões é ridículo e de mau gosto, no carnaval fica sendo engraçado e bem. É próprio do espírito carnavalesco a pessoa perder o medo ao ridículo que a inibe o ano inteiro, se soltar, se espalhar, se exibir. Já conheci muita moça bonita, de ar sério e recatado, que passa o ano inteiro cultivando o mito da própria altivez e no carnaval se veste de prata, de escrava ou de havaiana e se esbalda, sorrindo e rebolando para todos, cantando as letras maliciosas, saltando durante horas em volta do salão, em cima da cadeira ou da mesa.

 Sim, adoro mulher fantasiada, porque sua beleza ganha uma graça nova, inesperada, uma como que verdade superior, uma completação de sonho. Nunca vi mulher tão bonita como mulher bonita em carnaval; o instinto a leva a se despir e vestir com a sabedoria do jogo dos espaços de carne e de cores, ela põe a imaginação a serviço do esplendor e da graça de si mesma. Ah, é uma grande coisa, o carnaval!

Impossível negar o que há de sensualismo e de malícia em um baile de carnaval; mas exatamente nas grandes folionas é que essa malícia e esse sensualismo atingem um grau de gratuidade e de pureza, se desligam do prazer individual para ser uma integração na música e na alegria de todos; ela não tem par, ou não dá ao par nenhuma importância especial, ela goza o prazer de todos e de si mesma, ela se entrega ao ritmo com uma espécie de devoção. Essa, sim, essa é quem brinca o carnaval, é quem lhe dá o encanto e o prestígio, a ilusão, a misteriosa grandeza humana que outra festa nenhuma tem.

Viva a moça do carnaval, a que se entrega toda, braços abertos para o alto, à sua magia e ao seu generoso fascínio, viva a moça que avança no fervor das noites acesas de fevereiro, princesa de lantejoulas imortais, guerreira de joelhos incessantes, e graça imperecível – viva para sempre, no seu minuto feliz de esplendor e alegria, a moça do carnaval!

A TRAIÇÃO DAS ELEGANTES

"As fotos estão sensacionais, mas algumas das elegantes não souberam posar" – confessou Ibrahim Sued a respeito da reportagem em cores sobre as "Mais Elegantes de 1967" publicada em *Manchete*.

A verdade é mais grave, e todos a sentem: as "Mais Elegantes" estão às vezes francamente ridículas, às vezes com um ar boboca e jeca, às vezes simplesmente banais. A culpa não será de Ibrahim, nem do fotógrafo, nem da revista, nem das senhoras; o que aconteceu é misterioso, desagradável, mas completamente indisfarçável: alguém ou, digamos, Algo, Algo com maiúscula, fez uma brincadeira de mau gosto, ou talvez, o que é pior, uma coisa séria e não uma brincadeira; como se fossem as três palavras de advertência que certa mão traçou na parede do salão de festim de Baltazar; apenas não escreveu nas paredes, mas nas próprias figuras humanas, em seus olhos e semblantes, em suas mãos e seus corpos: "Deus contou o dia de teus reinos e lhes marcou o fim; pesado foste na balança, e te faltava peso; dividido será o teu reino".

Oh, não, eu não quero ser o profeta Daniel da Rua Riachuelo; mas aconteceu alguma coisa, e essas damas que eram para ser como símbolos supremos de elegância e distinção, mitos e sonhos da plebe, Algo as carimbou na testa com o *Mane*, *Tekel*, *Fares* da vulgaridade pomposa e fora de tempo. Oh, digamos que escapou apenas uma e que há uma outra que não está assim tão mal. Mas as 12 restantes (pois desta vez são 14) que aura envenenada lhes tirou o encanto, e as deixou ali tão enfeitadas e tão banais, tão pateticamente sem graça, expostas naquelas páginas coloridas como risíveis manequins em uma vitrina de subúrbio?

Que aconteceu? Ninguém pode duvidar da elegância dessas damas, mesmo porque muitas não fazem outra coisa a não ser isto: ser elegantes. Elas são parte do patrimônio emocional e estético da Nação, são respeitadas, admiradas, invejadas, adoradas desde os tempos de *Sombra*; vivem em nichos de altares invisíveis, movem-se em passarelas de supremo prestígio mundano – e subitamente, oh! ai! ui! um misterioso Satanás as precipita no inferno imóvel da paspalhice e do tédio, e as prende ali, com seus sorrisos parados, seus olhos fixos a fitar o nada, estupidamente o nada – quase todas, meu Deus, tão "Shangai", tão "Shangai" que nos inspiram uma certa vergonha – o Itamaraty devia proibir a exportação desse número da revista para que não se riam demasiado de nós lá fora!

Não sou místico; custa-me acreditar que algum Espírito Vingador tenha feito esse milagre ao contrário. A culpa será talvez da "Revolução", que tornou os ricos tão seguros de si mesmos, tão insensatos e vitoriosos e ostentadores e fátuos que suas mulheres perderam o desconfiômetro, e elas envolvem os corpos em qualquer pano berrante que melífluos costureiros desenham e dizem – "a moda é isto" – e se postam ali, diante da população cada vez mais pobre, neste país em que minguam o pão e o remédio, e se suprimem as liberdades – coloridas e funéreas, ajaezadas, e ocas, vazias e duras, sem espírito e sem graça nenhuma.

Há poucos meses, ao aceno de uma revista americana, disputaram-se algumas delas a honra de serem escolhidas, como mocinhas de subúrbio querendo ser "misses", e no fim apareceram numas fotos de publicidade comercial, prosaicamente usadas como joguetes de gringos espertos. Desta vez é pior: não anunciam nada a não ser a inanidade de si mesmas, tragicamente despojadas de seus feitiços.

Direi que essa derrota das "Mais Elegantes" não importa... Importa! As moças pobres e remediadas, a normalista, a filha do coronel do Exército que mora no Grajaú, a funcionária da coletoria estadual de Miracema, a noiva do eletricista – todas aprenderam a se mirar nessas deusas, a suspirar invejando-as, mas admirando-as; era o *charme* dessas senhoras, suas festas, suas viagens, suas legendas douradas de luxo que romantizavam a riqueza e o desnível social; eram aves de luxo que enobreciam com sua graça a injustiça fundamental da sociedade burguesa.

Elas tinham o dever de continuar maravilhosas, imarcescíveis, magníficas. É possível que pessoalmente assim continuem; mas houve aquele momento em que um vento escarninho as desfigurou em plebeias enfeitadas, em caricaturas de si mesmas, espaventosas e frias.

Quero frisar que dessas senhoras são poucas as que conheço pessoalmente, e lhes dedico a maior admiração e o mais cuidadoso respeito. Não há, neste caso, nenhuma implicação pessoal. Estou apenas ecoando um sentimento coletivo de pena e desgosto, de embaraço e desilusão: nossas deusas apareceram de súbito a uma luz galhofeira, ingrata e cruel; sentimo-nos traídos, desapontados, constrangidos, desamparados e sem fé.

    É duro confessar isto, mas é preciso forrar o coração de dureza, porque não sabemos se tudo isso é o fim de uma *era* ou o começo de uma *nova era* mais desolada e difícil de suportar.

Valente menina!

Debruçado cá em cima, no 13º andar, fiquei olhando a porta do edifício à espera de que surgisse o seu vulto lá embaixo. Eu a levara até o elevador, ao mesmo tempo aflito para que ela partisse e triste com a sua partida. Nossa conversa fora amarga. Quando lhe abri a porta do elevador esbocei um gesto de carinho na despedida, mas, como eu previra, ela resistiu. Pela abertura da porta vi sua cabeça de perfil, séria, descer, sumir.

Agora sentia necessidade de vê-la sair do edifício, mas o elevador deve ter parado no caminho, porque demorou um pouco a surgir seu vulto rápido. Desceu a escada, fez uma pequena volta para evitar uma poça de água, caminhou até a esquina, atravessou a rua. Vi-a ainda um instante andando pela calçada da transversal, diante do café; e desapareceu, sem olhar para trás.

"Valente menina!" – foi o que murmurei ao acaso lembrando um verso antigo de Vinicius de Moraes; e no mesmo instante me lembrei também de uma frase ocasional de Pablo Neruda, num domingo em que fui visitá-lo em sua casa de Isla Negra, no Chile. *"Que valientes son las chilenas!"* dissera ele, apontando uma mulher de maiô que entrava no mar ali em frente, na manhã nublada; e explicara que estivera andando pela praia e apenas molhara os pés na espuma: a água estava gelada, de cortar.

"Valente menina!" Lá embaixo, na rua, era tocante seu pequeno vulto, reduzido pela projeção vertical. Iria com os olhos úmidos ou sentiria apenas a alma vazia? "Valente menina!" Como a chilena que enfrentava o mar, em Isla Negra, ela também enfrentava sua solidão. E eu ficava com a minha, parado, burro, triste, vendo-a partir por minha culpa. Deitei-me na rede, sentindo dor de cabeça e um certo desgosto por mim mesmo. Eu poderia ser pai dessa moça – e me pergunto o que sentiria, como pai, se soubesse de uma aventura sua, como essa, com um homem de minha idade. Tolice! Os pais nunca sabem nada, e quando sabem não compreendem; estão perto e longe demais para entender. Ele, esse pai de quem ela falava tanto, não acreditaria se a visse entrar pela primeira vez em minha casa, como entrou, com sua bolsa a tiracolo, o passo leve e o riso nervoso. "Como você pensava que eu fosse?" Lembro-me de que fiquei olhando, meio divertido, meio assustado, aquela mocetona loura e ágil que só falava me olhando nos olhos, e me fez as confissões mais íntimas e graves entremeadas de mentiras pueris – sempre me olhando nos olhos. Disse-me que a metade das coisas que me contara pelo telefone era pura invenção – e logo inventou outras. Senti que suas mentiras eram um jeito enviesado que ela tinha de se contar, um meio de dar um pouco de lógica às suas verdades confusas.

 A ternura e o tremor de seu duro corpo juvenil, seu riso, a insolência alegre com que invadiu minha casa e minha vida, e suas previsíveis crises de pranto – tudo me perturbou um pouco, mas reagi. Terei sido grosseiro ou mesquinho, terei deixado sua pequena alma trêmula mais pobre e mais só?

Faço-me estas perguntas, e ao mesmo tempo me sinto ridículo em fazê-las. Essa moça tem a vida pela frente, e um dia se lembrará de nossa história como de uma anedota engraçada de sua própria vida, e talvez a conte a outro homem olhando-o nos olhos, passando a mão pelos seus cabelos, às vezes rindo – e talvez ele suspeite de que seja tudo mentira.

Rio, abril, 1967